中国社会科学院中国边疆史地研究中心　**厉声　主编**

当代中国边疆·民族地区典型百村调查：**内蒙古卷（第一辑）**

分卷主编：**于　永　毕奥南**

祝愿随丰村在新

农村建设大道上越

走越宽广

杨志今

2009.9.9

注：杨志今，时任中国文联党组副书记、副主席，现任文化部副部长

题词

长势喜人的农作物(摄于2008年7月24日)

乌兰布和沙漠植被(摄于2007年11月20日)

召坑(摄于2008年7月24日)

白刺(摄于2008年7月24日)

红柳(摄于2008年7月24日)

蒲毛(摄于2008年7月24日)

天生河(摄于2008年7月24日)

防护林(摄于2008年7月24日)

节水渠(摄于2008年7月24日)

整齐的街道(摄于2007年11月18日)

天生河第一节水闸(摄于2008年7月24日)

坐着小驴车多开心(摄于2007年4月7日)

河套葬礼(摄于2009年6月10日)

20世纪90年代建的砖房(摄于2007年11月20日)

沙枣(摄于2007年4月8日)

中国社会科学院中国边疆史地研究中心

当代中国边疆·民族地区典型百村调查·内蒙古卷（第一辑）　厉声　主编

承泽黄河的村落

——内蒙古杭锦后旗双庙镇继丰村调查报告

李开青 ◎ 著

社会科学文献出版社

SOCIAL SCIENCES ACADEMIC PRESS (CHINA)

总 序

  深入实际、开展国情调研，是中国社会科学院肩负的重要科研任务，也是中国社会科学院履行好党中央、国务院赋予的"思想库"、"智囊团"职能的重要方式。中国边疆省区占国土面积的60%以上，边疆区情及当地的民族社会调研（边疆调研）是中国国情调研的重要组成部分。正如一位边疆工作者所说：不了解少数民族，就不了解中华民族；不了解边疆，就不了解中国。1983年中国社会科学院中国边疆史地研究中心建立后，特别是1990年以来，一直将边疆调研作为学科研究的重点之一。

  2004年，中国社会科学院中国边疆史地研究中心承担国家哲学与社会科学基金特别项目"新疆历史与现状综合研究"（简称"新疆项目"）。2006年，中国社会科学院中国边疆史地研究中心牵头，立项开展"当代中国边疆·民族地区典型百村调查"（简称"百村调查"），作为此特别项目的子课题。"百村调查"以新疆为重点，在全国新疆、西藏、内蒙古、宁夏、广西五个民族自治区和云南、吉林、黑龙江三省基层地区同时开展，共调查100个边疆基层村落。调查工作在"新疆项目"领导小组和专家委员会指导下，由"百村调查"专家委员会暨编委会组织实施。在中国社会科学院中国边疆史地研究中心主持拟定的调查大纲框架下，发挥每个省区的优势，体现各自的特色。

本项目的实施得到了边疆地区各级地方党政部门的支持。首先，调查工作注意与地方党政部门的相关工作衔接、听取意见，在实施调查之前，主动向各级党政部门汇报情况，听取指示和意见。其次，调查组主动让各级党政部门了解调研的全过程，在调研过程中出现问题时及时向相关党政部门请示。再次，调研阶段成果和最终成果的副本同时提供地方党政部门参考。

"百村调查"的调研主题是：改革开放30年来中国边疆基层村落的民族社会和经济发展的历史与现状。具体内容包括：乡村概况、基层组织、经济发展、社会生活、民族、宗教、文教卫生、民俗风情等。项目调研的时间是：2007～2008年（资料下限至2007年底或适当延长）。

"百村调查"的调研对象为：100个具有典型意义与特色的中国边疆基层村落。课题以基层乡、村两级为调查基点，大致每个省区选择2个地州，每个地州选择1～2个县，每个县选择2个乡，每个乡选择2个村。新疆共调查22个村，其他地区均为13个村（辽宁、吉林、黑龙江以东北边疆为单元，共调查13个村）。调查点的选择要求：

（1）本地区社会稳定与经济发展中具有典型意义的基层乡和村。

（2）存在边疆现实政治、社会或经济发展的热点、难点问题。

（3）与20世纪50年代全国边疆民族调查能有一定的衔接。

"百村调查"采取学术调查与现实政治相结合的方法，以社会人类学入村入户调研方法为主，同时关注现实政治、社会与经济发展中的热点、难点问题：一般共性调查与专题专访调查相结合，在一般综合性调查的基础上，选择好专访或专题调研的"切入点"——总结经验与完善不足相结合，在总结各项工作经验的同时，善于发现问题和提出解决问题的对策与建议。调研注重入户访谈和小范围座谈的专访调查。在一般性问卷和统计资料收集的基础上，注重对基层干部、群众典型、教师、宗教人士等特定人员的专题访谈，倾听和收集他们对基层社会稳定与经济发展的看法、意见和建议，形成能说明问题的专访或专题调研报告。

"百村调查"的成果形式分为调查综合报告与专题报告两大类。

（1）调查综合报告：依据大纲规定，撰写有关乡村经济社会等发展状况的综合报告，课题结项后分期公开出版。专题报告及调查资料可以公开发表的，在篇幅允许的情况下，作为附录附在综合报告末尾。

（2）专题报告：内容较敏感、不适宜公开出版的专题报告，集成《专题报告集》，内部刊印。

"百村调查"主编　厉声　谨识
2009年8月25日

目　录
CONTENTS

图目录
FIGURE CONTENTS

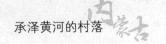

表目录
TABLE CONTENTS

序 言
FOREWORD

　　"当代中国边疆·民族地区典型百村调查"是 2004 年度国家社会科学基金特别项目"新疆历史与现状综合研究项目"的子课题。内蒙古自治区既是中国少数民族聚居地区，又是中国边疆地区，于是顺理成章成为这个子课题的有机组成部分。按照课题的整体设计，内蒙古自治区需要调查 13 个典型村。由于多年合作关系，项目主持单位中国社会科学院中国边疆史地研究中心决定依托内蒙古师范大学历史文化学院，委托院长于永教授和中国社会科学院中国边疆史地研究中心的毕奥南研究员共同主持内蒙古自治区的子项目。

　　接受任务后，根据内蒙古地域辽阔、农村牧区基层社会类型多样的具体情况，在选择典型村时，我们考虑了以下几个标准：第一，选择的典型村应该覆盖内蒙古的东西南北。因为内蒙古东西部经济文化以及地理因素存在诸多差别，南北风貌也不尽一致，所以典型村的选择如果集中在一个地区，很难反映内蒙古作为边疆民族地区的全貌。我们认为应该在内蒙古的各个盟（市）范围内，尽量做到每个盟（市）选择一个村（嘎查）。第二，需要兼顾内蒙古不同地区的不同经济社会类型。广袤的内蒙古自治区有农区、牧区、半农半牧区；有城乡结合地区，还有边境地区；有蒙古族聚居区，有汉族聚居区，还有其他少数民族聚居区，还有蒙汉杂居地区。因此，典型村的选择必须兼顾这些类型差异。

根据上述考虑，我们在内蒙古最东部的呼伦贝尔市（原呼伦贝尔盟）选择了额尔古纳市恩和村。这个村既是中国俄罗斯族聚居区，又是中国东北部与俄罗斯临界的边境村。从该村社会发展可以观察中国边境地区俄罗斯族经济文化变迁轨迹。

在兴安盟选择了科尔沁右翼中旗高力板镇的国光嘎查。这是清末蒙地放垦后形成的村落，经济形态上经历了由牧到半农半牧的演变，在民族成分上是蒙汉杂居地区。由于地理区位上处于两省区（内蒙古自治区与吉林省）三地（吉林省通榆县、兴安盟赉特旗、本旗所在地巴彦呼舒镇）之间，经济发展思路值得关注。

通辽市（原哲里木盟）是全国蒙古族人口聚居比例最大地区。我们在该地区选择了三个村，分别是扎鲁特旗东南部道老杜苏木保根他拉嘎查和扎鲁特旗西北部鲁北镇的宝楞嘎查，以及科尔沁左翼中旗白音塔拉农场二爷府村。这三个村都是蒙古族聚居的农业村落。扎鲁特旗的两个嘎查是清末蒙地放垦以后，在牧业地区逐渐形成的农业村落。新中国成立以后国家在内蒙古自治区建立了很多农场，对于科尔沁左翼中旗白音塔拉农场二爷府村的调查能够让我们对内蒙古地区农场的变迁及其经营现状有一个认识。

赤峰市喀喇沁旗地处燕山山脉深处，是清代前期（康熙）开始农耕化的地区，历经几百年，当地的蒙古族已经汉化，现在是以农业为主业、牧业为副业、汉族人口占多数的蒙汉杂居地区。喀喇旗王爷府镇富裕沟村是内蒙古的山村，对该村的调查能够开启一个窗口，了解内蒙古南部地区农村社会的基本情况。

锡林郭勒盟地处中国正北方大草原，正蓝旗赛音胡达嘎苏木和苏尼特左旗赛罕高毕苏木是典型的牧区，这两个地区保留着传统蒙古族的生产生活方式，受农耕文化的影响比较小。正蓝旗是察哈尔蒙古族聚居区，赛音胡达嘎苏木地处浑善达克沙地，传统牧业经济由于受生态环境恶化影响，已经难以发展。苏尼特左旗地处内蒙古的北部，是紧邻蒙古国的边境旗，因为环境恶化严重，正在执行"围封转移"政策。对这两个牧区嘎查的调查，可以让人们了解到草原生态形势严峻，以及牧业经济发展的困境。进而引发的思考是，在发展经济的同时，蒙古族传统文化怎样迎接社会转型的挑战？

呼和浩特市清水河县的窑沟乡老牛湾村，是内蒙古南部地区与山西偏关临界的一个山村，地处黄土高原丘陵区，临黄河和长城，与山西省仅一河之隔，在清代前期即有山西移民进入，是山西移民在内蒙古组成的汉族村落，也是有名的贫困地区。调查者以扶贫挂职方式深入当地生活，与当地干部密切合作，回顾历史发展历程，探索新的发展思路，尝试揭示这个村的前生今世。

呼和浩特市土默特左旗小浑津村是城乡结合部的蒙古族村落，这里蒙古族居民的语言和生产方式已经汉化，但是还保留着浓厚的蒙古族习俗。面临社会转型，生产方式改变，这个蒙古族村落如何保留自己的习俗，调查者希望通过努力，来揭示民族文化变迁的轨迹。

鄂尔多斯市（原伊克昭盟）准格尔旗十二连城乡五家

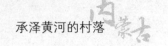

尧村濒临黄河，现是内蒙古自治区的新农村建设示范点。村落社区面临全面转型。既有生产、生活方式的变革，也有社区治理格局的转变。调查者准备对这种转型进行截面式描绘，展示该村改革开放以来取得的成绩及存在的问题。

巴彦淖尔市（原巴彦淖尔盟）杭锦后旗双庙镇继丰村地处河套平原与乌兰布和沙漠交会处，是内蒙古地区近代典型移民村。这里自然环境恶劣，但居民顽强地适应了生存环境，并通过长期奋斗使环境沙化得到遏制。改革开放30年来，这里的社会经济得到长足发展，调查者拟通过实地走访，入户恳谈，努力勾勒这个村的发展历程。

包头市达尔罕茂明安联合旗明安镇白音杭盖嘎查地处大青山北，是蒙古族为主的纯牧业区，因为生态环境恶化，根据国家政策已经全部禁牧。但是，如何安置当地牧民，涉及诸多问题，这在内蒙古地区推行城镇化及生态移民的实践中具有典型意义。

在初步择定调查点后，为了保证调查工作顺利实施，为了能够得到真实的调查材料，课题组采取了以下措施：

第一，选择熟悉典型村的专家学者担任主持人。内蒙古地区13个典型村的负责人可以分成两种类型：一种是在该村生活数年或者十多年，与村民熟悉，对该村的情况比较了解的人员；另一种是在调查村有特别熟悉的人员，能够起到引荐的作用。鄂尔多斯市五家尧村、巴彦淖尔市的继丰村、赤峰市的富裕沟村、通辽市的三个村、锡林郭勒盟的两个嘎查、呼和浩特市清水河县老牛湾村9个典型村的负责人都属于第一种类型。其他典型村负责人属于第二种类型。

通过选择熟悉并且与典型村有密切关系的专家学者担

任主持人，能够有效地消除调查者与被调查者之间的隔膜，消除被调查对象的顾虑，得到调查对象的配合，从而获取真实的信息。所选择的熟悉典型村的专家学者，大都是出生在典型村，高中毕业后因考入大学才离开了所在的村庄。他们在本村生活近 20 年，对本村的历史、环境、经济、政治、生产生活方式、风俗习惯、文化心理等，都有深切的感性认识，能够准确地表述本村情况。

第二，对参加调查人员进行业务培训。首先认真研读中国社会科学院中国边疆史地研究中心下发的有关本次调查的文件，参考其他省区调查成果。根据调查文件，结合内蒙古地区的实际情况，在多次商讨的基础上，拟定了内蒙古地区调查的大纲、调查问卷、访谈大纲、调查表，请有经验的调查人员介绍了调查中应注意的问题。

第三，选择清水河老牛湾村进行试点调查。老牛湾村距离呼和浩特市比较近，其他各村的主持人，首先到该村参与调查，得到一定的锻炼，取得一些调查经验，再开始本村的调查。

第四，对 13 个村的调查基本上采取线型推进的方式，没有采取平推的方式，目的是先开展调查的村能够给后开展调查的村积累调查的经验。

参与内蒙古地区典型村调查的学者多出身于历史学专业，在调查过程中，主要使用了历史学的方法，直接收集典型村的档案资料，通过访谈获得第一手的口述资料，通过调查问卷获得一家一户的数据性资料，通过观察获得感性资料。在通过不同方式最大限度地获取资料后，试图全面客观地描述典型村的现状及历史变化，目的是让读者对典型村的状况能有一个全面的认识。

　　第一次在内蒙古地区做这样一个比较大规模的调查，从我们的角度来说是一个尝试，受主客观条件的制约，调查成果肯定还有很多问题，我们期盼着同行的指正。

于　永　毕奥南

2009 年 12 月 1 日

第一章　概况

第一节　自然

一　地理位置

继丰村是内蒙古自治区巴彦淖尔市杭锦后旗双庙镇所属的行政村之一，位于内蒙古自治区西北部。

杭锦后旗地处内蒙古河套平原西北角，南临黄河，北靠阴山，西傍乌兰布和沙漠，东南隔黄河与鄂尔多斯市杭锦旗相望，北靠乌拉特后旗，东与临河区毗邻，东北角连接乌拉特中旗，西部、西南部与磴口县接壤。全旗辖地面积1644平方公里。南北长约87公里，东西宽约52公里。2006年，全旗共有8个乡镇、107个行政村。全旗总户数88860户，总人口311948人[1]。

双庙镇位于杭锦后旗西南端，西靠乌兰布和沙漠东缘线，东邻二道桥和三道桥镇，南与磴口县隆盛合镇相连，北与乌拉特后旗青山镇接壤。青协线纵贯全镇，五乌线横

---

① 巴彦淖尔市地方志办公室编《巴彦淖尔年鉴》，内蒙古文化出版社，2007，第329页。

穿其中，乌拉河穿行境内。

1958 年召庙建立公社，1985 年改为召庙乡，2002 年召庙乡改为召庙镇，2005 年撤乡并镇时，原太阳庙乡并入召庙镇，更名为双庙镇，镇所在地为二支村七社。

双庙镇辖地总面积 226 平方公里，耕地面积 14.8 万亩。下辖 14 个村：永明村、太华村、太荣村、新建村、三淖村、五丰村、五一村、增光村、二支村、黄家滩村、富民村、继丰村、尖子地村、建正村，135 个村民小组，总户数 6743 户，总人口 25624 人[①]。全镇人均纯收入 4928 元[②]。这里土地肥沃，人民勤劳善良，曾因盛产粮食而闻名。

继丰村（见图 1-1）位于双庙镇西南端，地处乌兰布和沙漠东缘线，有 10 个自然村。总户数 483 户，总人口 2115 人，男性 1163 人，女性 952 人。辖地面积约 17 平方公

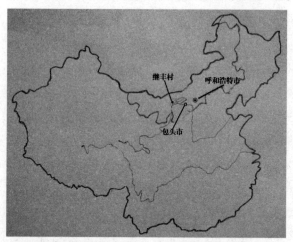

继丰村
呼和浩特市
包头市

图 1-1　继丰村位置图（摄于 2009 年 8 月 10 日）

---

① 双庙镇统计站资料。
② 巴彦淖尔市地方志办公室编《巴彦淖尔年鉴》，内蒙古文化出版社，2007，第 331 页。

里，耕地计税面积 7685 亩，人均耕地 3.45 亩。村委会在继丰三社，距镇政府 7 公里，距杭锦后旗政府 40 公里。继丰村在巴彦淖尔市西北方向，距该市有 72 公里；在呼和浩特西偏北方向，距呼和浩特市有 400 多公里。

二　地形地貌

继丰村辖境属河套平原，其地质构造属内陆断陷盆地，形成于侏罗纪晚期。上更新世晚期，黄河形成后，主要是由黄河冲积物和少部分山洪沉积物充填而形成的冲积平原。黄河冲积平原的典型特点是土层深厚，面积大，分布广。继丰村地势稍高，由西南向东北微度倾斜，整体平坦开阔。虽然继丰村海拔在 1032～1050 米，但是相对高度很小，因此感觉地势特别平坦，可以说是"一马平川"。

三　气候水文

继丰村气候属中温带干旱半干旱气候区，具有明显的季风大陆性气候特征。继丰村地处乌兰布和沙漠边缘，深居内陆，大陆性气候特征显著：冬季漫长而寒冷，夏季短促而温热。与全旗相比，寒暑变化剧烈，四季分明。春季气温回升快，日温差一年中最大；风力大，风沙日数多，风蚀沙化危害严重；降水少，空气湿度最小；这个季节也是寒潮、霜冻等灾害性天气出现较频繁的季节。夏季气温高，阴雨天多，降水集中在 7～8 月份，为全年水、热高峰期；日照强、蒸发量大；这个季节易出现雷雨、冰雹等灾害性天气。冬季寒冷、降水少，多寒潮天气，大风降温现象较频繁，经常刮 4～5 级西北风。总而言之，这里总的气候特征是：风多雨少，蒸发量大，气候干燥，无霜期短，

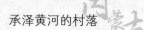

日照时数长，昼夜温差大，灾害性天气多。

继丰村属"黄河百害、唯富一套"的引黄自流灌溉区域，可以说，在这里没有灌溉就没有农业。经过多年的农田水利基本建设，河套平原已形成干、支、斗、农、毛各级渠道纵横交错的灌水渠系网络。据村长彭应国讲，继丰村灌溉面积占耕地面积的98%。黄河水不仅是地表水的主要来源，也是地下水位增高的主要因素。至于降水量，则远远小于蒸发量。大气降水多集中在7~9月份，历时短、强度大，与农作物的需水期、需水量不同步，很难有效利用。因此，只有通过农田水利基本建设有效地引黄灌溉，才能满足农作物的生长需求。地下水受大气降水、基岩裂隙水和人工灌水的补给，水量丰富。地下水大多埋深小于2.5米，因此，继丰村的居民都靠在自家院内打压水井来解决生活饮用水问题。

四　物产资源

（一）植物资源

继丰村有非常丰富的植物资源。

1. 人工植物

人工植物主要是农作物（见图1-2）和人工林。

据课题组调查，继丰村现在种植的主要粮食作物有小麦、玉米、黍子、土豆、大豆、黄豆、豇豆、黑豆、高粱等。主要经济作物有制种玉米、番茄、花葵、油葵、无壳葫芦、甜瓜、甜菜、胡麻、籽瓜子、茴香等。其他作物有西瓜、蛤蟆皮香瓜、华莱士、丝瓜、黄瓜、西葫芦、面葫芦、大白菜、圆白菜、韭菜、芹菜、菠菜、香菜、胡萝卜、

1-2　长势喜人的农作物（摄于 2008 年 7 月 24 日）

水萝卜、蔓菁、茄子、西红柿、葱、蒜、辣椒、芋头、莴笋、豆角、苜蓿等。其中制种玉米、番茄、花葵、无壳葫芦已形成特色。优质小麦是河套面粉的原料，同时产出的大量作物秸秆，是丰富的饲草料资源，除作农户自家较小规模饲养的羊、牛、驴、骡等的粗饲料外，也作为生活燃料使用。秸秆没有被深入充分利用，对农副产品也很少做深加工等就地转化。

　　继丰村的林木主要有柳树、杨树两种。庭院周围、环村绿化、道路两旁、渠道两旁的树种主要是杨树和柳树。另外有苹果树、杏树、李子树、苹果梨树、桃树、黄太平树、香水梨树等果类林木（本地称花果树），还有榆树、沙枣树（见图 1-3、图 1-4）、梭梭、杨柴、花棒、柠条、沙棘、沙柳、红柳等耐旱林木，沿乌兰布和沙漠东缘建起了一条平均宽 350 米的防风阻沙林带，治沙成效显著，风沙危害基本得到了控制。继丰村的花果树集中在丰光林队果园，有 45 亩。农户中没有大面积种植果树的，只是家庭院落零星栽种。因昼夜温差大，光照时间长，这里所栽种的瓜果含糖量都比较高，特别香甜。苹果梨、西瓜更是闻名遐迩。

图 1-3　沙枣树（摄于 2007 年 11 月 20 日）

图 1-4　沙枣（摄于 2007 年 4 月 8 日）

2. 野生植物

据课题组调查，继丰村的典型野生植物有芦苇、白刺（见图1－5）、蒲毛、沙蒿、冬青、苦菜、沙奶奶、张芽芽、酸面片、蒲公英、灰菜、稗子、沙蓬、灰蒿、蒿籽、野糜子、水蒿子、野枸杞、碱蒿子、野苜蓿、苦豆子、甘草、红柳、猪草秧、野茴香、锁阳、艾等。其中药用植物有苦豆根、野枸杞、芦根、甘草、艾、蒲公英、锁阳等几十种。

图1－5　白刺（摄于2008年7月24日）

（二）动物资源

1. 继丰村豢养的动物有猪、绵羊、山羊、牛、马、骡、驴、鸡、鸭、鹅、兔、狗、猫等。

2. 野生动物主要有野鸡、野兔、狐狸、乌鸦、鹌鹑、鹰、鹞、野鸭、黄鼠狼、猫头鹰、石鸡子、野鼠、刺猬、獾子、喜鹊、麻雀、野鸽、啄木鸟、大雁、燕子等几十种。随着生态环境的不断改善，近些年野生动物种类呈逐年增多的趋势。

（三）可开发资源

继丰村深受乌兰布和沙漠的影响。沙漠化虽然是一种灾害和威胁，但防风治沙的同时也可以大力发展沙产业。如继丰村将沿沙漠边缘一带的土地全部退耕还林，利用林草套种造林模式，既起到了防风固沙的作用，也增加了农民的收入。在已经成活并长势良好的人工梭梭林嫁接肉苁蓉，经济效益非常看好，现已初试成功。引进林药套种项目，引入甘草、麻黄、红花草等适宜沙区种植的中药材，既拓展了沙产业，又巩固了治沙成果，提高了经济效益。每年在已成熟的沙生灌木林中，采集沙生灌木籽种，既为治沙造林提供了充足的籽种，也可增加一定的经济收入。同时，还可利用杨柴、花棒等发展饲草料加工，发展畜牧业。甚至可以把乌兰布和沙漠建成沙区风光旅游胜地，使之成为新的经济增长点。

继丰村的风能、光能及热能比较充足，也是可以开发利用的可再生资源。

五 自然灾害

据村民李铮讲，近年来，继丰村的自然灾害主要有霜冻、冰雹、沙尘暴、农作物病虫害等。

霜冻分为春季的春霜冻（寒潮）和秋季的秋霜冻。继丰村每年4月20日左右至9月20日左右为无霜期，无霜期长97～151天，平均无霜期135天。每年4月初，人们为了早种、早收、高产，部分作物已开始种植。到 4 月下旬、5 月初，会有程度不同的春霜冻，使破土露头的幼苗遭到不同程度的冻伤。农民中流传着这样一句话："四月八（农历）冻死黑豆荚"（农历四月初八正是每年公历 4 月末 5 月初）。2007 年春季，继丰村遇到了低温、降雪、寒潮等一系列灾害性天气，严重影响了农作物的长势。2008 年 5 月 9～11 日的大风降温雨雪天气，使继丰村的玉米、葵花、瓜、菜全被冻死，需要补种；小麦叶子被冻黑，之后虽逐渐返青，但对产量影响极大。那些晚种、晚收的农作物会遇上秋季突然降临的霜冻，也会大大影响收成。这里反映出的问题是：农民在科学种田的同时，在一定程度上违背了当地的小气候，忽视了传统农业中有益的经验。

进入夏季，冰雹对农作物的危害也不可轻视。双庙镇位于杭锦后旗的一条主要雹线双庙—二道桥—头道桥上，继丰村有时也会受到冰雹袭击。常言道："雹打一条线"，继丰村冰雹往往出现在 7 月中旬，正是收割小麦的时候，危害可想而知。冰雹虽危害大，但在继丰村，冰雹比较少。在这个时期就是没有冰雹，也会有 1～2 场暴风雨，大雨伴随着偏西风不仅使正在苗壮成长的葵花、玉米等作物受伤而造成减产，还给小麦的收割、晾晒带来不良影响；或者几天连续不断的阴雨，致使本来浇水不久的庄稼倒苗，影响收成。

沙尘暴直接危害农作物，导致减产。继丰村有 6 个自然村与乌兰布和沙漠接壤。1999 年以前，由于植被稀疏，遇到大风便沙尘四起，干旱、风蚀、沙化是乌兰布和沙区的主要自然灾害。流沙每年以 5～7 米的速度向东侵袭，耕地遭到沙压，农作物被打伤或遭埋，沙逼人退。在西部大开发战略的实施中，位于沙漠东缘的继丰村被列为全旗重点防护林建设工程区。在建设安排上以防风固沙林、农田防护林为重点，在保护好现有植被的基础上，通过人工造林控制沙化土地的扩展和风沙侵袭。通过实施封沙育林、育草，营造防护林体系等治理工程，生态建设取得了很大成绩，农田防护林初具规模，有效地控制了流沙，保护了农田。风沙危害、水土流失严重的局面基本扭转，人民群众生产、生活环境明显改观。

农作物病虫害基本上逐年有变化，作物不同即虫害不同，甚至同种作物的新品种也会产生新的病虫害。

随着引进种植美葵，从2007年开始出现了向日葵螟。向日葵螟是向日葵的主要害虫之一，在7月花期开始发生危害。第一代成虫于向日葵开花时出现，成虫有趋光性，白天潜伏，夜晚活动，在花盘上取食花蜜，交配产卵，卵经过3~5天孵化为幼虫。幼虫主要蛀食葵花子，使种仁形成空壳，影响向日葵的产量和品质，危害严重的可造成绝产绝收。向日葵是继丰村的主要经济作物，而且往往连片大面积种植，一旦出现向日葵螟，危害非常大。向日葵开花期是防治向日葵螟的最佳时期。只有广大农民积极行动起来进行"统防统治"，坚持以物理、生物防治为主，化学防治为辅的方针，才能收到最佳防治效果，将损失降到最低程度。但是以当地的条件难以达到物理、生物防治，现在主要还是用药物防治的方式，而用药物防治既杀害病虫又伤及益虫，对整个生态系统有很不好的影响，农民非常着急。

番茄晚疫病难防难治、危害极大。病源最初来自马铃薯病株，病株借气流把马铃薯植株上产生的孢子传到番茄上。在田间温度白天不超过 24℃、夜间不低于 10℃，早晚雾、露重，或连阴雨、相对湿度在 75% 以上，这些气候条件下导致晚疫病常发生；地势低洼，排水不良或植株生长过密，均有利于晚疫病的发展。该病蔓延迅速，危害严重，俗称"跑马干"。番茄晚疫病为真菌性病害，受病处产生白色霉层，主要危害叶、茎和果实。2007 年，继丰二社种植了 245 亩番茄，快成熟时得了晚疫病，病情发展很快，来不及治，番茄大面积死亡。2008 年本社只种了 40～50 亩番茄。

在 5 月份，由于气候干旱、几乎无降雨等原因，会造成"巨膜长蝽"大范围发生。巨膜长蝽是半翅目草地害虫，可迁飞扩散，分布广泛且食性杂，具有聚集危害的习性。一般情况下，巨膜长蝽大量聚集在植物上，刺吸植物茎、叶的汁液，致使植物枯萎死亡，主要对蜜瓜、西瓜、葫芦、辣椒、番茄等作物的幼苗危害严重。针对其生活习性农民一般采用以下方法进行防治：采用菊酯类农药、毒死蜱或阿维菌素等进行喷雾；防治时注意对田地进行全面喷药，同时对周边的荒地、杂草进行普防。

第二节　社会

一　村落布局

继丰村位于双庙镇西南端，北与太荣村、南与富民村、东与黄家滩村相邻，西与磴口县相连，地处乌兰布和沙漠东缘边线，天生河流经村内，一排干纵贯其境。继丰村有 10 个自然村：继丰一社、继丰二社、继丰三社、继丰四社、继丰五社、继丰六社、继丰七社、继丰八社、继丰九社、继丰十社。其中与沙漠接壤的社，由南到北依次为继丰二社、继丰三社、继丰四社、继丰五社、继丰六社、继丰七社（见图1－6）。

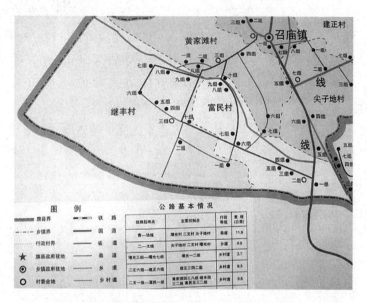

图1－6　继丰村村落（摄于2008年7月24日）

继丰村全村基本呈不规则梯形状，偏西部的社由南到北依次是一社、二社、三社、四社、五社、六社，偏东部的社由南到北依次是十社、九社、八社、七社，一社至十社由南至北再至南呈半环状分布。据计划生育办公室主任朱美枝讲，从一社到十社走一圈正好40里。相比较而言，继丰村在北方农村中属较大的行政村。相距最远的继丰一社和继丰七社之间距离有12～13公里。

从杭锦后旗政府所在地陕坝到双庙镇都是柏油路，2006年从双庙镇到黄家滩一社修了一条柏油路，黄家滩村和继丰村仅有一条天生河相隔，继丰六社、七社、八社、九社距离柏油路只有 1～2 公里。继丰村其他通村公路都是 2001 年修的沙石路。因为继丰村地处"三北"防护林工程区，再加上有退耕还林（草）工程、天然林保护工程、防沙治沙工程等，沙漠边缘草木较多，到处绿树成荫，每个社都基本实现了环村绿化。进入每个自然村，沙石路两旁都种着杨树，村中的小路两旁，房前屋后都有绿树环绕。环村路的杨树一般有 10 年左右树龄，到了夏季，整齐、苍翠、笔直参天的杨树就形成林荫路，构成了一道壮观的风景（见图 1－7）。其中继丰七社还是双庙镇村屯绿化示范社。双庙镇 2006 年开始村屯绿化示范社建设，2007 年按照"高标准、高质量、典型引路、逐步推进"的原则进行重点建设，发动社员进行了清理柴草、开沟、换土、整路、上沙、建配套水利设施等工作；栽植的大干杨树，树木成活率都在 90% 以上。至 2008 年，继丰七社示范社已实现道路平整、林木整齐，村容村貌彻底改观。现在走进继丰七社你会感到路在树中、村在林中、房在绿中、人在景中的美好和谐景象。另外乡村小油路建设也是农村基础设施建设工程，在继续巩固沙化成果、提高养护水平和通行质量的同时，双庙镇正在积极争取通村小油路建设项目，力争每年建设通村小油路 10 公里以上，争取在 3～5 年内使双庙镇主要乡村小公路实现"黑色化"。

继丰村的每个社还有一个特点：居民宅与耕地就近分布，且前后成排、左右成行、整齐有序。据调查，1965 年大队负责统一村舍规划、进行村舍建设，每户宅基地面积基本相同，东西长 25～27 米，南北宽 22～25 米。不许乱占地，所以不像其他有些村子的居民宅分布散乱，零星坐落。

图 1-7　村中道路（摄于 2008 年 7 月 24 日）

二　人口构成

　　双庙镇总人口 25624 人，常住人口 18285 人，劳动力人口 12057 人。据双庙镇计划生育办公室统计，2007 年全镇共出生 97 人，出生率为 5.2‰；死亡 157 人，人口减少 60 人，死亡率 8.5‰；人口自增率 -3.3‰。至 2008 年 7 月半年来，共出生 79 人，出生率 5.2‰。连续 3 年被旗委、旗政府评为计划生育工作优胜单位。

　　继丰村总人口 2115 人，常住人口 1401 人，劳动力人口

966 人，壮劳力多为 40~50 岁的人，40 岁以下的年轻人多
外出打工或迁去外地。人口呈负增长，如 2007 年出生 13
人，出生率为 0.93‰；死亡 20 人，死亡率 1.4‰，人口自然
增长率为 -0.47‰。新生人口多为独生子女。男女比例的总
体情况正常，据继丰村计划生育综合查询报表统计，1997~
2001 年新生人口总数是 1064 人，其中男孩有 531 人，女孩
有 533 人；2002~2007 年，新生人口总数是 892 人，其中
男孩有 466 人，女孩有 426 人。这 11 年间男孩总出生人数
997 人，女孩总出生人数 959 人，男孩比女孩多 38 人，性
别比为 103.96。继丰村"重男轻女"的思想并不明显，
绝大多数年轻村民认为生男生女都一样，甚至有人戏谑地
说"生女吃苹果，生儿喝乐果"。在子女多少的问题上，
人们的观点也是趋于一致，认为"养多不如养少，养少不
如养好"。

三 人口流动

继丰村在民国时期是蒙古族牧场，现居住人口基本上
是后来迁入的，因此，可以说，继丰村是典型的移民村。
其人口流动的基本情况是：20 世纪 60 年代以前，居民主要
从甘肃民勤、宁夏平罗、陕西、山西、山东等地迁入，迁
入者多为汉族。新中国成立前，这里是蒙汉杂居区，汉族
居多。新中国成立后，当地蒙古族渐退到牧区。20 世纪 60~
80 年代中期，迁入人口逐渐减少但基本没有外流。20 世纪
80 年代中期是居民相对稳定且人口最多的时期。20 世纪
80 年代末期以来，人口开始外流且逐渐增多。具体情况
如下：

新中国成立以前，继丰村是蒙古族鄂尔多斯部属地，

明朝时进入鄂尔多斯市及杭锦后旗一带。清朝初年，对已定居下来的鄂尔多斯部落实行了盟旗制度。民国初年仍循清制。继丰村归鄂尔多斯部右翼，是纯牧区。清廷禁止蒙古族人与内地人民接触，所以当时汉民极少。后随着土地的开垦、农业的发展，汉人渐多。《绥远通志稿》载，"清康（熙）雍（正）而后私垦弛禁，佃农渐多，开人民自移之路"。开始私垦者多属临近甘肃民勤、宁夏平罗的移民，农垦发展之后，河套的自然条件和开发之后的效益吸引着更多的移民，继甘肃民勤、宁夏平罗的移民农垦之后，部分陕西、山西、山东等省的人也慕名而来。新中国成立后，从外地迁入的也多属上述省份，其他省份迁入者较少。所以本村村民以甘肃民勤、宁夏平罗籍贯者为多，山西、陕西、山东籍贯者次之，杂以其他籍贯者。

大多数从祖上迁居到此的甘肃民勤、宁夏平罗人，在这里定居已有好几代了，但生活方式、口音还基本没变。如继丰七社，村里最早的住户是李镜家，李镜的爷爷在民国时从宁夏平罗县来此；后来迁来的是两户朱家。这里的大户主要是宁夏平罗县的李姓，甘肃民勤的张姓和彭姓，还有就是山西的张姓，共有四大户。民勤县人仍然保留传统的饮食习惯——喜欢吃面食，面食做得讲究，且花样较多。甘肃人注重家谱的修订，刚从甘肃来的都有家谱，来到当地后，逐渐和当地习俗融合，现在再找家谱已经不易。

20 世纪 80 年代末期以来，人口开始外流且逐渐增多。其主要原因是：年轻人多数外出打工。留下来的大多是 50 岁以上的中老年人和儿童。另外，还有许多农民趁农闲出去打工。再者就是通过"读书考学"迁出本村，迁入城市。如柴尔智家，他的父亲 1930 年从甘肃民勤迁来此地，柴尔智本人在 1963 年来继丰村定居，育有四个子女。大儿子柴绍文在临河读了中专后，分配到临河糖果厂。二儿子柴绍明从内蒙古林学院毕业后，到三株口服液公司工作，后又到陕西师范大学外语系攻读硕士研究生学位，之后又攻读了英语专业的博士研究生学位，现在华南师范大学任教。姑娘柴风英从中文系毕业，现在杭锦后旗奋斗中学任教。四个孩子中三个通过"考学"迁出，现在只有三儿子柴绍荣在父母身边。同时有些老年人也随子女迁出，便于子女照顾。综合以上因素，课题组对继丰村的人口流动情况做了调查（见表 1－1）。

表 1－1　继丰村人口流动调查（2007）

单位：户,%

村社	总户数	迁出户	迁往何处	迁出人从事何职业	外来媳妇
继丰一社	53	11	呼市、包头、阿盟左旗、临河、陕坝	打工，开饭店、搞建筑	9
继丰二社	53	15	乌海、临河、陕西	打工，卖菜，承包屠宰厂，当瓦工，开四轮车打零工	21
继丰三社	32	4	左旗、临河	打工	5
继丰四社	37	3	临河、包头、乌海	打工	5
继丰五社	45	10	乌海、临河、阿盟左旗、陕坝	没有专业技术，主要靠干体力活挣钱，有开出租车的，有搞建筑的，有开饭店的	6

村社	总户数	迁出户	迁往何处	迁出人从事何职业	外来媳妇
继丰六社	57	10	临河、乌海	打工，没经过技术培训，没有一技之长，出去也是自谋职业	3
继丰七社	71	25	乌海、临河、阿盟左旗、陕坝	开出租车、搞建筑、开饭店、学汽修	7
继丰八社	59	29	乌海、阿盟左旗、包头、伊盟	打工、做生意，马云花20多万元买了大车跑运输	1
继丰九社	41	6	阿盟左旗、临河、陕坝	打工、摆摊、"开门脸儿"	16
继丰十社	35	5	乌海、阿盟左旗	打工、做生意。有的买地开垦，有两个在左旗卖酿皮	7
总计	483	118			80

从表1-1我们可以看出，继丰村总户数483户，迁出118户，迁出户占到总户数的24.43%，将近1/4。娶回外来媳妇80人。现在人口外流的主要原因有四点：第一，人均耕地少。继丰村人均耕地3.45亩，这样单靠种植不能满足人们的生活需求。继丰村人说，如果地多，就不会出现很多人迁出或外出打工的情况了，现在每人只有3亩多地，太少了！第二，农业生产机械化水平不断提高，农村剩余劳动力不只在"冬闲"出现，而是一年四季都存在。第三，很多年轻人为了孩子的教育举家外迁，不惜陪读。第四，

镇政府支持。镇政府加大宣传力度，鼓励农民利用农闲打短工，通过各种手段，组织农民外出务工，使农民一年四季都有事干，以此增加农民收入。总的来说，继丰村出现"打工潮"是国家经济体制改革的结果，也和农民自身观念的变化分不开。另外，还有一个特殊情况，就是外来媳妇迁入。本地家庭较贫困、年龄偏大或是身体、智力欠佳者，多通过亲戚朋友牵线搭桥从四川、甘肃、宁夏、陕西等地贫穷家庭娶回姑娘为妻。这是现阶段继丰村人口迁入的最主要原因。

第三节　历史

一　区划沿革

"杭锦"即"杭盖"，系蒙语，意思是"水草丰美的地方"。因位于鄂尔多斯市杭锦旗之北，称"杭锦后旗"。杭锦后旗处于河套地区的西北角。河套平原，自古就是宜耕宜牧的好地方。早在旧石器时代中期，"河套人"就在这里过着原始生活。战国时期，赵国在阴山南，今巴盟地区一带设置九原郡，本旗即为九原郡西部属地。秦为九原郡地，后复为匈奴牧地。西汉为朔方郡临河县地，东汉末为南匈奴牧地。三国至晋初，仍为南匈奴游牧地。西晋自永嘉以后，又迭次为前赵、后赵、前秦、后秦、赫连夏属地。南北朝时，属北魏沃野镇辖境。隋初，先后属丰州和五原郡永丰县。大业三年，属五原郡，并隶大同城护守。唐初，将五原郡更名为丰州，隶关内道。贞观中改隶九原郡。历宋、辽、金、夏时，皆为西夏属地。元时，地属云内州，隶大同路。明初，地属宁夏卫，隶陕西统领。未几毛里孩、满鲁都、火筛相继入套，后有鄂尔多斯入套，地属鄂尔多斯；清置盟旗，属达拉特旗、杭锦旗地各一部分；清末为五原所辖，1920～1941年为临河县所辖。1941年（民国三十年），傅作义在河套实行新县制，将临河4区11个乡，建成米仓县，县府驻三道桥。1953年将米仓县改为杭锦后旗，1958年经国务院批准，将狼山县一部分陕坝镇（当时为县级）划归杭锦后旗，并沿用该名称。1967年2月28日，杭锦后旗人民委员会改称杭锦后旗革命委员会。1967年11月至1968年5月将各人民公社改称公社革命委员会，1981年7月将杭锦后旗革命委员会改称杭锦后旗人民政府，公社革命委员会改称公社管理委员会，1984年5～7月将人民公社管理委员会改称乡人民政府，将生产大队改为村民委员会，将生产队改为农业生产合作社，共20个乡，1个镇，166个村民委员会，1054个农业生产合作社①。

召庙乡位于杭锦后旗西南部，民国年间，因此地有小庙，故得名。1958年人民公社化时属三道桥人民公社辖地，1961年分设召庙人民公社，乡政府驻地设在义成兴。1968年将人民公社改称公社革命委员会，1981年公社革命委员会改称公社管理委员会，1984年将公社管理委员会改建乡人民政府。乡境东西宽11.8公里，南北长10.7公里，面积为101平方公里。辖10个行政村，59个自然村；共有人口12355人，户数2498户，耕地48097亩。2002年乡改镇，是为召庙镇，以前召庙乡10个行政村合并为8个行政村。

① 内蒙古自治区杭锦后旗志编纂委员会编纂《杭锦后旗志》，中国城市经济社会出版社，1989，第18页。

太阳庙乡，位于杭锦后旗西部。很久以前，本乡以西的阴山上有座喇嘛庙，汉语称太阳庙。1958年人民公社化时属三道桥人民公社辖地，1961年分设太阳庙人民公社，1968年将人民公社改称公社革命委员会，1981年公社革命委员会改称公社管理委员会，1984年将公社管理委员会改建乡人民政府，乡政府驻地设在高召财圪旦村。乡境东西宽12.9公里，南北长14公里，面积为95平方公里。共有人口12139人，户数2446户，耕地44902亩。辖9个行政村，55个自然村。

双庙镇由召庙乡和太阳庙乡合并而成。2005年撤乡并镇时，将原太阳庙乡并入该镇，先叫召庙镇，太阳庙不干，太阳庙的人说，共产党像太阳，是召庙大还是太阳庙大？后更名为双庙镇，镇所在地二支村七社（旧称义成兴，民国时期，有个商人在此居住，买卖字号义成兴，故得名）。

继丰村原是召庙镇的两个行政村：继光村和丰光村。中华人民共和国成立前，继光村归属绥远，名为土召子。1958年，进入高级公社时改为继光村，"继光"是"继承抗美援朝英雄黄继光"之意。同年成立继光大队，包括4个小队：继光一队、继光二队、继光三队、继光四队；1984年改为继光村，辖4个自然村：继光一社、继光二社、继光三社、继光四社；共有人口926人，户数179户，耕地3520亩。继光村位于镇政府西部，村委会驻信义昌村（信义昌是买卖字号，民国年间一商人在此居住，村名从商号名），距召庙镇政府西5.5公里；村子呈矩形聚落，西北有人工海子一个，名叫召坑。继光村以农业为主。

丰光村位于镇政府西南部，1958年成立丰光大队，包括 6 个小队：丰光一队、丰光二队、丰光三队、丰光四队、丰光五队、丰光六队；1984 年改为丰光村，辖 6 个自然村：丰光一社、丰光二社、丰光三社、丰光四社、丰光五社、丰光六社。村委会驻年家圪旦村，距召庙镇政府西南 5.5 公里。20 世纪 30 年代，有个姓年的人迁居此地，年家圪旦村故得名。共有人口 1026 人，户数 188 户，耕地 3423 亩。丰光村坐落在一排干的西侧，村民居住较分散（由于受地理环境和方言的影响，这里的地名逐渐形成了自己的特点。当时迁居到此的移民大都选择地势较高的地方居住，故把村子又称为"圪旦"、"圪梁"，并把低洼处称作"圪卜"、"壕"等。成村后便称作"某某圪旦"、"某某圪卜"等，沿用至今)①。

2002 年继光村与丰光村合并为继丰村，共有 10 个自然村：继丰一社（原丰光一社）、继丰二社（原丰光二社）、继丰三社（原丰光三社）、继丰四社（原丰光四社）、继丰五社（原丰光六社）、继丰六社（原继光二社）、继丰七社（原继光一社）、继丰八社（原继光三社）、继丰九社（原继光四社）、继丰十社（原丰光五社）。村委会驻继丰三社，距双庙镇政府西南 7 公里，西傍乌兰布和沙漠，东靠继丰十社，南、北分别与继丰二社、继丰四社相连。

二 人物

继丰七社的杨华兵，1986 年入伍，1994 年在吉林省某监狱看管犯人，一次监狱犯人做好了越狱的准备企图越狱，凭着一腔正气和过人的胆识，杨华兵不顾个人安危，只身

---

① 巴彦淖尔盟地名委员会《巴彦淖尔盟地名志》，1987，第 124 页。

与罪犯进行殊死搏斗，身体多处负伤，最终将犯人制伏，杨华兵因此荣立二等功一次。

烈士张三全，1933 年出生，男，汉族，家里弟兄三人，张三全排行老三，还有两个姐姐。1948 年，张三全参加革命，后参加志愿军任班长。1953 年 6 月在抗美援朝战争中牺牲，牺牲时年仅 20 岁。据其侄子张国成讲，张三全牺牲后，"大集体"时国家每年给张三全的母亲 50 斤糜子，"大集体"后就再也没人管了。

三　传说

(一) 天生河的传说

关于天生河有一个美丽的传说：河套地区自古就是风景优美、百姓富庶的好地方，有一次，太上老君路过这里，被这里的美丽风景所吸引，于是走下云端，驻足观看，走到现在天生河所在地时，突然从茂密的树丛中窜出一只梅花鹿，太上老君的坐骑受惊了，拖着缰绳飞奔而去。马缰绳在地上留下了弯弯曲曲的印迹，神奇的是马缰绳拉过的地方出现了一条河，这就是天生河。天生河弯弯曲曲，很容易淤积泥沙，1969 年，继丰村全体社员对天生河进行了截弯取直，天生河才变成了今天的模样。

(二) "红牛奋蹄"的传说

据说，很早以前，乌兰布和一带水草丰美，是个富饶的好地方。有一年，这里来了个贪官，这个贪官每天都要杀好几头 3 岁的公牛，专用牛耳朵下酒，导致这里的耕牛逐年减少，老百姓敢怒不敢言。有一天夜里，人们突然听到一阵公牛的吼声，这声音惊天动地，如泣如诉，顷刻间风雨大作、电闪雷鸣，借着闪电，人们看到一只红色的发怒公牛卷起了漫天黄沙，整个大地震颤起来。第二天早上，人们发现，贪官被红色公牛踩成了肉泥，绿树成荫的乌兰布和一带，也变成了浩瀚的沙漠。

第二章 基层政权组织建设

第一节 党组织建设

一 组织机构及其变革

（一）组织机构变革

继丰村所在的杭锦后旗，前身是绥远省米仓县。1950年4月25日，中共米仓县委员会成立。1953年9月28日，改称"中共杭锦后旗委员会"（简称"旗委"）。（县）旗委早期先后内设的专职工作机构主要有：办公室（1950年3月建立，始称"秘书室"，1958年6月改称"办公室"）、组织部（1950年4月建立）、宣传部（1950年4月建立）、统战部（1953年4月建立，1954年8月撤销，1958年4月重新建立）、工业部（1958年6月建立，1962年5月撤销）等。1966年"五·一六"通知下达后，旗委逐渐瘫痪，其内设机构也被迫停止正常工作。1967年2月后，实行"一元化"领导，杭锦后旗委员会被"杭锦后旗革命委员会"（简称"革委"）取代。1971年3月31日，旗委重新建立，但此时党、政机构不分设（"旗委"、"革委"合署办公）。

1979 年 10 月，"旗委"、"革委" 机构分设，组织部、宣传部、统战部等旗委工作机构随之相继恢复建立。（县）旗委成立后，先后建立了 11 个旗直机关党委、党组和 24 个乡镇党委。

继丰村原属召庙乡，2005 年撤乡并镇时，召庙乡与邻近的太阳庙乡合并，建立双庙镇。召庙乡党委建立于 1961 年 11 月，始称"中共召庙公社委员会"，1967 年被公社革委取代，1971 年 3 月恢复，1979 年 10 月党、政机构分设，1984 年 7 月改称"中共召庙乡委员会"。太阳庙乡党委建立于 1961 年 11 月，始称"中共太阳庙公社委员会"，1967 年 2 月被公社革委会取代，1971 年 3 月恢复，1979 年 10 月党、政机构分设，1984 年 7 月改称"中共太阳庙乡委员会"①。2005 年两乡合并后称"中共双庙镇委员会"。

双庙镇建立后，原来属于召庙乡的继光村和丰光村于 2006 年进行了合并，改称"继丰村"；原来的继光村党支部和丰光村党支部合并后改称"继丰村党支部"。

（二）继丰村党组织机构

继丰村共有党员 62 人。党政领导班子的选举都是通过两次选举产生的。第一次选举叫预选，选举方式是海选。由社长和两位村民代表挨家挨户送选票，农闲时送到家里，农忙时送到地里。预选时村民可以根据自己的意见选择，全村的选民都可以作为预选候选人。第一次选举后，将得票数多的列为正式候选人。第二次选举为正式选举，正式

---

① 内蒙古自治区杭锦后旗志编纂委员会编纂《杭锦后旗志》，中国城市经济社会出版社，1989，第 300 页。

选举的选民要从正式候选人中选出，一个职位一般有两个候选人竞选。选举完后将选票集中，得票数多的候选人当选。从 2002 年继光村与丰光村合并后至今，2002 年、2005 年、2009 年三次换届选举，共产生了三届党组织机构，如表 2－1 所示。

表 2－1　继丰村历届党支部成员

历届 \ 成员	书　记	副书记	宣传委员	组织委员
第一届（2002 年）	王佐民	陈国堂	彭应国	王孝多
第二届（2005 年）	王佐民	彭应国	朱美枝	王孝多
第三届（2009 年）	王佐民	彭应国	朱美枝	王孝多

党支部成员简介：

陈国堂：男，现年 65 岁，初中文化，中共党员，继丰八社人。

朱美枝：女，现年 42 岁，初中文化，中共党员，继丰九社人。

彭应国：男，现年 46 岁，高中文化，中共党员，继丰七社人。

王佐明：男，现年 46 岁，高中文化，中共党员，继丰五社人。

王孝多：男，现年 50 岁，高中文化，中共党员，继丰五社人。

二　党组织工作开展情况

继光村和丰光村合并之前，两村党支部的工作主要是在上级党委的领导下，按照党在社会主义建设不同时期的工作部署，结合本地区的实际情况，有重点地开展工作。中华人民共和国成立初期，党建工作的重点是不断发展壮大党员队伍，巩固、健全与发展党的组织。党员发展的重点是贫下中农中涌现出来的积极分子，整党的主要任务则是纯洁党的组织，密切党同群众的联系，提高党员的政治思想觉悟。社会主义建设时期，党组织的建设活动主要是在少数民族、妇女和生产第一线的农民中发展党员。1958年，在上级党组织的指导下开展了"审干"和"整党整风"工作，1964年又开展了农村社会主义教育和"四清"运动，对于提高党员的政治思想觉悟和执行党的路线、方针、政策的自觉性起了重要作用。"文化大革命"时期，同全国大多数地方一样，党组织基本处于瘫痪状态，党员基本上停止了党组织生活。直至1985年以后，根据中共中央《关于整党的通知》精神，在上级党委的领导下，村党支部也开展了"整党"工作，达到了统一思想、整顿作风、加强纪律、纯洁组织的基本目的。1989年起，党支部又在党员干部中开展了坚持四项基本原则、反对资产阶级自由化的教育，使党员的素质有了较大的提高。1991年以后，全旗各级党组织全面实行组织工作目标管理责任制，完善党建工作服从和服务于经济建设的机制。两村党支部结合目标管理方案的实施，全方位深化党建活动内容，选派村里的优秀党员干部参加了乡党委组织的党员干部培训班，学习领会党的农村政策、党史、党建知识以及农牧业适用技术等有利于农村发展等多项内容。1994年开始，根据上级党委的安排部署，贯彻执行了"加强以村党支部为核心的农村基层组织建设，健全以村党支部为核心的村级组织体系"的指示精神，强化了党的基层组织建设。1998年以后，在上级党委全面加强党的基层组织建设的精神指导下，两村党支部组织党员干部，认真学习和领会建设有中国特色社会主义理论、"三个代表"的重要思想，以及党在新时期的各项农村政策和理论，全面推行村务公开，加强基层组织的民主政治建设，使作为基层组织的村党支部的凝聚力、战斗力得到了进一步加强。

2002 年两村合并后，产生了新一届"继丰村党支部"，在以王佐民为书记的党支部领导下，贯彻执行党的各项农村政策，结合本村的实际情况，认真开展工作，使新时期党的农村基层组织建设出现了新的局面。

第二节　行政组织建设

一　组织机构及其变革

1950 年 2 月 26 日，绥远省人民政府派生产建政工作团接管了原米仓县政府，同年 4 月成立了"米仓县人民委员会"。1953 年 9 月 28 日改称"杭锦后旗人民委员会"。1958 年 4 月，原狼山县、陕坝镇归并杭锦后旗，旗政府所在地由三道桥迁往陕坝。1967 年 2 月，杭锦后旗人民委员会改称"杭锦后旗革命委员会"，1981 年 7 月改称"杭锦后旗人民政府"。

现在的双庙镇由原来的召庙乡和太阳庙乡于 2002 年合并组建而成。召庙乡于 1961 年 8 月建立，始称"召庙人民公社"，1968 年 1 月改称"召庙公社革命委员会"，1979 年 10 月改称"召庙公社管理委员会"，1984 年改称"召庙乡人民政府"。太阳庙乡于 1961 年 8 月建立，始称"太阳庙人民公社"，1968 年 1 月改称"太阳庙公社革命委员会"，1979 年 10 月改称"太阳庙公社管理委员会"，1984 年 7 月改称"太阳庙乡人民政府"①。2002年两乡合并后,改称"双庙镇人民政府"。

2002年合并前属于召庙乡的继光村和丰光村,新中国成立以后在行政区划、隶属关系和名称等方面,随着上级机构的变动而多次发生变化。中华人民共和国成立后,两村最初在村一级设立了政权组织,即村人民代表会议和村人民政府。1954年,根据宪法取消了村级政权的建制,而以乡镇作为国家在农村的基层政权单位。乡镇以下则为自然村或选区,由乡人民代表互选产生的主任协助乡镇政府管理乡村事务。1958年12月开始的农业合作化运动,第一次把农村的经济组织与政治组织重合起来,形成了高度集权的人民公社体制。人民公社既是广大农村赖以生存的集体经济组织,又是国家政权在基层的工作单位。作为国家基层政权,公社必须对上级负责,贯彻执行上级政权的命令,公社主要领导也由上级政府任命。生产大队(相当于现在的"村")和生产小队(相当于现在的"社")则成为公社的下属生产单位,必须接受公社的集中统一指挥。20世纪80年代初开始普遍推行生产承包责任制,原来"三级所有,队为基础"的人民公社体制迅速解体,全旗人民公社改称"乡",生产大队改称"村民委员会",生产队改称"农业生产合作社"。继光大队和丰光大队分别改称"继光村村民委员会"和"丰光村村民委员会"。1986年9月,中共中央下发了《关于加强农村基层政权建设工作的通知》,表明在基本完成政、社分开和建立乡政府工作后,国家开

---

① 内蒙古自治区杭锦后旗志编纂委员会编纂《杭锦后旗志》,中国城市经济社会出版社,1989,第326页。

始将农村政权建设的重点转向乡以下的村一级单位，由此加速推动了村民自治工作的开展。1987 年 11 月，全国人大通过的《村民委员会组织法（试行）》，依据宪法第 111 条，对村民委员会的性质、地位、职责、产生方式、组织机构以及村民会议的权力等做了全面的规定，其中第 3 条明确了乡政府与村委会的关系是指导与协助而不是领导与被领导的关系，确立了村民自治的原则。这是中国农村村民自治兴起的明确标志。1993 年，中共中央 7 号文件决定："为减少管理层次，乡镇不再设置派出机构村公所"，为贯彻村民自治的民主自治原则进一步铺平了道路。1998 年 11 月，《村民委员会组织法》正式颁行。此后，按照《村民委员会组织法》，继光村和丰光村的各届村民委员会，都是在旗、乡级政府的监督指导下，由广大村民进行民主投票选举产生。村委成员由村主任、治保小组、会计组成，各司其职、各负其责。2002 年两村合并后，经民主选举产生了新的"继丰村村民委员会"。

继丰村 2002 年合并至今经过三次选举共产生三届村委会，如表 2 - 2 所示。

表 2 - 2　继丰村历届村委会成员

历届　　　成员	村主任	村副主任	民调委员
第一届（2002 年）	陈国堂	朱美枝	彭应国、王孝多
第二届（2005 年）	彭应国	朱美枝	王孝多
第三届（2009 年）	彭应国	朱美枝	王孝多

朱美枝兼任村妇女主任，主管计划生育工作；王孝多一直兼任村会计。在具体工作中，村委会成员多分工协作，互相帮助。

二 村委会工作开展情况

继丰村村民大会（或村民代表大会）由村委会成员和全村村民或村民代表参加。在换届选举的村民大会上，竞选村长的候选人先做竞选发言，内容主要是关于未来村委会在领导村民工作中的主要想法及具体措施，村民们可以根据自己的意愿选举新一届村委成员。为了进一步扩大基层民主，突出公开、公正并加强监督力度，不断完善村务公开的各项制度，保证村民直接行使民主权利，村委会在每年年初和年中召开村民代表大会，主要讨论安排村委会的半年工作计划，并由村主任向村民代表汇报本村的半年工作、财务收支情况和下半年发展思路，接受村民代表质询；在广泛征求意见的基础上，结合本村实际，确定后续工作，研究制定具体的落实措施，向村民做出公开承诺，并在会议结束后，将会议决策的事项及落实的措施、承诺和财务收支情况向村民公布，便于民主监督。

根据我们的调查了解，现在村委会日常工作的一个非常重要的内容是解决各种村民矛盾。继丰村党支部书记王佐民向我们介绍了乡镇合并后双庙镇开展的一项活动，具有一定的代表性。王佐民书记说，由于乡镇合并后开展各项工作的点多了、线长了、面广了，许多工作还处于磨合期，农村的各种矛盾、问题就显现出来了。针对当时全镇普遍存在的问题，镇纪委结合前一年开展的党员先进性教育活动，在全镇范围内开展了两轮"理气、治穷"信访隐患大排查活动，变群众上访为领导"下访"，每轮都由镇里主要领导亲自带队，一个村、一个村地召开座谈会。第一轮排查活动耗时一个月，专门召集有问题的农户参加，现场办公，当场处理不了的 3 日内给予答复。在排查活动中，共梳理出水利、农田配套、教育等各类问题 127 个，现场解决 88 个，其余问题 3 天内全部给予了答复解决。如在原太阳庙乡五一、永明、三淖、新建等村召开座谈会时，群众反映有近 15000 多亩耕地处于乌拉河"正梢"，浇水十分困难，尤其是每年的秋浇问题更大，由此引起不少社会矛盾，要求镇党委、镇政府一定要想办法解决。镇党委高度重视，连夜召开了全体领导干部会，部署秋浇补救工作。首先全体领导干部放弃国庆七天假期，吃住在村社，到田间地头帮助农民搞秋收，副镇长陶发纲包三淖、永明村，连续 8 天没睡一个好觉。其次召开村支部书记、社长会，要求社内组织秋收互助组，实行"联片收割、联片秋翻、一把锹浇地"，从而节约了水量，加快秋浇进度。副主任科员胡金德为保证"一把锹浇地"，连续 3 天蹲在渠口上。经过有力的组织，去年乌拉河在原太阳庙的灌域全部完成秋浇任务。三淖五社社员王六说："没有政府的组织，今年我们的地干定了。"第二轮排查活动逐村召开了由种、养、加、流通能人参加的座谈会，会上就如何发展经济、增加农民收入，如何建设社会主义新农村展开积极讨论，听取了各方面意见和建议，最后总结出了双庙农民致富的新模式，即"特色种植 + 畜牧业 + 多种经营"，从而为群众找到了发家致富的新途径。通过两轮座谈，农民气顺了，上访矛盾减少了，干群关系融洽了，全镇上下形成一种建设新双庙的高潮。

第三节　党政组织工作规划

继丰村党支部书记王佐民和村长彭应国向我们简要介

绍了继丰村未来几年的工作规划，对继丰村的发展充满了信心。

一 指导思想

在上级党委政府的领导下，立足于本村的实际，紧紧依靠和团结带领广大人民群众，以邓小平理论和"三个代表"重要思想为指导，以经济建设为中心，全面落实科学发展观，全面建设小康社会和社会主义新农村，实现《杭锦后旗国民经济和社会发展第十一个五年规划（2006～2010年）》的奋斗目标。

二 工作要点

（一）加强基层党组织建设和党员自身建设，进一步发挥基层党组织的战斗堡垒作用和党员在建设社会主义新农村中的先锋模范作用

为此，继丰村党支部于 2006 年制订了发展党员工作的三年规划。主要内容分为三个方面：

1. 指导思想

以有中国特色社会主义理论和"三个代表"重要思想为指导，认真贯彻落实党的"十六大"精神，按照"坚持标准，保证质量，改善结构，慎重发展"的方针做好组织发展工作，增强党的阶级基础和扩大党的群众基础，从而把我们党建设成为社会主义事业的坚强领导核心。

2. 总体目标

为了不断改善和优化全村党员的年龄、文化和行业分布等结构，保证党员队伍的生机，加大各社员发展的力

度，把一批德才兼备、年轻有为的先进分子吸收到党组织中来，各党小组都要建立一支素质较高、数量充足、结构合理的非党积极分子队伍，村党支部每年至少要发展一名年轻党员。新发展党员中，少数民族党员、妇女党员要达到一定比例，农民党员、生产一线党员和年轻党员要达到80%。

3. 要求及措施

首先，建立一支数量较多、素质较高的入党积极分子队伍，是做好发展党员工作的基础。村支部要采取多种形式，加强对入党积极分子的培养、教育、考察和管理。对入党积极分子的培养教育，要坚持从实际出发，注重实效。要经常组织积极分子开展活动，分配一定的社会工作，并进行检查、帮助，让他们在实际工作中经受锻炼和考验，尽快成熟。其次，严格党员发展标准，坚持成熟一个发展一个。要严格按照《中国共产党章程》规定履行发展接收新党员的程序和手续，不得随意简化，更不能弄虚作假，严把政审关。要集体讨论，集体研究，坚决制止和纠正发展党员中的不正之风。同时，加强对预备党员的培养和考察工作。对预备党员要做好经常性的培养教育工作，要多角度、多途径进行引导和教育。通过教育和实际锻炼，对不具备条件的，应取消其预备党员资格。

（二）进一步调整和优化农业内部结构，逐步形成合理化布局、产业化经营、社会化服务的现代农业发展新格局

1. 优化种植，加强养殖，面向市场进行结构调整

种植业方面，一是要在稳定粮食生产、保护粮食生产

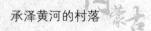

能力的前提下，大力发展具有优势的优质经济作物。在粮食作物方面，重点发展专用小麦、粮饲兼用和青贮专用玉米。在经济作物方面，抓好花葵、油葵、西甜瓜、番茄、青椒等品种，逐步形成专业化、规模化和节约化水平较高的产业，形成核心竞争力。二是要搞好改良，以推广名、优、特、新品种为途径，进一步调整和优化品种、品质结构，发展特色农业、精品农业。建设好特色农产品标准化生产基地，积极推行标准化生产。

养殖业方面，加快畜牧业发展步伐，以增加农民收入和提高经济效益为中心，把畜牧业作为结构调整的主攻方向，按照"大群体、小规模"的思路，推行规模化、标准化小区式养殖，加大投入，完善防疫体系，引导养殖户科学饲养，确保养殖业的健康发展。推广畜种改良技术、青贮喂养技术和饲草料营养配方技术，提高品质质量，提高产出效益，提高商品率和出栏率，最终实现由单纯的数量型向数量、质量、效益并重型转变，由粗放经营向集约经营转变。

2. 推进科教兴农战略，加快农业生产技术的推广进程

（1）要加强"种子工程"建设，加速农作物品种的更新换代，抓好小麦优良品种的提纯复壮和种源建设，抓好专用小麦、粮饲专用玉米和抗病瓜菜新品种的引进与繁育。

（2）要抓好栽培技术的推广创新。如瓜菜开沟起垄，机播机收，番茄、脱水菜提早延后，葵花中轻度盐碱覆膜，病虫害综合防治等项技术。

（3）要加强科技培训，全面提高农民科技文化素质和致富本领，突出培训一批科技致富带头人，使他们成为"懂技术、有文化、会经营"的新型农民。

3. 强化农业基础设施建设，进一步提高农业综合生产能力

加强对农业的投入，搞好中低产田改造和以节水灌溉为主的水利基本建设，改善农业生产条件。建设优质、高产、稳产、节水高效农田，增强农业抗御自然灾害的能力，提高农民进入市场的组织化程度，增强抵御和化解市场风险的能力。要积极实施人畜饮水安全解困工程，搞好防洪防汛和堤防防渗工程。大力发展农机事业，提高农业机械化水平。

第三章 经济

第一节 农业

一 农业发展条件

"黄河北，阴山南，八百里河套米粮川，水渠纵横密如网，阡陌交通赛江南。"这则民谣正是对河套地区优越的生产、生活条件的生动描述。凭借得天独厚的农业发展条件，继丰村逐步发展为典型的农区。

（一）土地

继丰村处于黄河及其支流乌加河等冲积而成的平原地带，地势平坦，土质肥沃，水利条件便利，具有发展农牧业、开展多种经营的优越条件。继丰村有耕地 7685 亩，作物一年一熟，以春播作物为主，主要种植小麦、玉米、葵花等。根据杭锦后旗农业区办公室 1981 年通过自然普查所作的《杭锦后旗综合农业区划》的报告，本旗划分为 4 个综合农业区，继丰村属于西部防风固沙林区。这一地区，地势偏高，土壤类型主要有沙土、黏土、盐碱土等，以沙土为主。在沙土和黏土上种植作物、树木成活率都很高，盐碱土上则成活率低。沙土占土地总面积的 70%，黏土占 20%，盐碱土占 10%。盐碱土主要分布在继丰一社、二社、三社、八社、九社、十社。在长期的劳动中，继丰村人总结出，这里最好的地是"沙盖垆"，即上面是沙土，下面是黄土，这种土质长起庄稼来特别有后劲，产量高，因此继丰村人说"种地就种沙盖垆"。

我们以继丰七社为例。据课题组调查，继丰七社的农田大致分为五等。红泥地最好，属一等地；红泥带沙地，属二等地；沙地属三等地；边头拉畔的盐碱地、漏沙地，属最差的四等、五等地。

根据收获季节不同，继丰村人还将农田分为"夏天地"和"秋天地"两类。夏天地专指小麦地，因小麦收割早，春天播种，夏天就可以收割。秋天地则是指除小麦地之外的农田。

继丰村在历史上就是个水草丰美、土质肥沃的地区。后因乱垦滥伐，土壤不断沙化，导致现在沙漠边缘地区土壤上层含沙较多，下层比较肥沃。只有在保证充足水源的情况下，农作物才会有比较好的长势。好在继丰村有得天独厚的黄河自流灌溉条件，土壤虽然含沙但比较肥沃，作物产量很高，各社的一等地几乎都是吨粮田。

继丰村有两个林队：继光林队和丰光林队。继光林队有林地 300 亩左右，丰光林队有林地 500 亩左右，两个林队共有林地约 800 亩，属于集体地，在防风固沙、保护农田方面起着关键作用。早在 1955 年，公社就集体组织去林场种树，当时种杨树不多，主要是柳树，20 世纪 70 年代末到 80 年代初才开始大量种植杨树。1994～1995 年，这里开始种植小美寒、北京杨、新疆杨、毛条、梭梭等林木。除集体

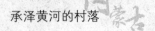

林地外，继丰村农民还将产量不高的盐碱地和紧邻乌兰布和沙漠东部边缘、受风沙影响大的地种树，使其变成林地。因此，有的农户除农地外还有林地，也能享受到国家退耕还林补贴。补贴标准是：种一亩林地，头一年国家给农户补贴220元/亩，以后7年每年补贴160元/亩。8年以后国家不再给补贴，但林木都归农户所有，15年以后可以采伐，但采伐一棵还要补种一棵。继丰村现有一个花果园，位于丰光林队，占地45亩，主要种植的花果树有苹果、桃子、李子、杏子、黄太平、沙果等。

（二）地理气候

继丰村紧邻乌兰布和沙漠，这里属典型的温带大陆性气候，气候干燥，降水量小，蒸发量大。年平均降水量为100～138毫米，主要集中在7～9月份，年平均蒸发量高于1958.2毫米，是降水量的14倍多。黄河是这里的主要生产和生活用水来源，丰富的黄河水资源弥补了这里降水量小的缺陷。受乌兰布和沙漠的影响，继丰村气候比杭锦后旗其他地区略显干燥，温差大，年平均气温7℃～9℃；风大沙多，地面风蚀严重，平均风速2.5米/秒，其中4～5月份为大风天气频发期，主害风方向以西北风为主，有时有沙尘暴现象；每年平均无霜期只有135天。总之，风多雨少，无霜期短，日照时数长，昼夜温差大，是继丰村气候的显著特点。

受河套地区大气候的影响，这里光能资源丰富，农业积温较少。在这种热量条件下，夏田、二秋作物一年一熟有余、二熟不足，大秋作物基本能达到一年一熟的要求。近些年来，继丰村人通过地膜覆盖，提高了热量利用率，使农作物的产量大大提高了。从这里的气温变化看：春季升温快，对秋作物播种有利；夏季温度高，满足了玉米生长的基本条件；8 月中旬以后，气温迅速降到20℃以下，致使玉米、高粱只能种早熟或中熟品种；秋天霜冻早、降温快、热量不足，也限制着一些作物的种植。从气温日较差看，这里昼温高，有利于加强植物的光合作用；夜温低，作物呼吸作用减弱，养分消耗少，有利于营养物质的积累。但春秋两季冷暖变化剧烈，增加了早晚霜冻发生的概率。同时，主要气候资源的相对变率大，易出现气象灾害，又影响产量的稳定性。

综合看，这里对发展农业有利的气候条件是：日照时数多，太阳辐射强，积温期集中，积温利用率较高。降水虽少，但灌溉条件好，昼夜温差大，水热同季，气候资源配合较好。不利的气候条件有：蒸发强，湿度小，气候干燥，无霜期短，光、热、水资源变率大，稳定性小。常有霜冻、大风，偶尔也有冰雹与热风等出现。但在调查中，村民表示，本地除了虫灾，很少有其他自然灾害，尤其是种大田，几乎每年都是大丰收。这可能归功于整个杭锦后旗政府，如果气象部门没有做好风灾、冰雹、霜冻等气象灾害预报工作，水利部门没有做好防洪、防汛预报监测工作，农业科技部门没有做好病虫害的早发现、早防治工作，这里的农业发展绝对不会像现在这样平稳。

（三）灌溉

继丰村的灌溉是自流灌溉。因此，继丰村人把灌溉农田非常形象地称为"淌水"。把地头闸口打开，水就会自动流入田地。继丰村的农业灌溉用水引水渠属乌拉河总干渠的天生河分干渠。天生河清末民初整理利用，1969 年截弯取直，以乌拉河三闸上开口为起点，以双庙镇四团农场为终点，全长 14.3 公里；继丰村属天生河灌域，天生河平均水深 1.8 米，平均底宽 10 米，最大流量 15.6 立方米/秒，正常流量 12.8 立方米/秒，纵坡比降：1/6400，灌溉面积 4.96 万亩①。天生河两岸栽种的杨树和柳树，都是有 30 ~ 40 年树龄的老树，特别高大整齐（见图 3 - 1）。

图 3 - 1　天生河（摄于 2008 年 7 月 24 日）

天生河总共有三个节水闸：天生河第一节水闸（见图 3 - 2）、天生河第二节水闸、天生河第三节水闸，简称一闸、二闸、三闸。天生河在继丰九社天生河一闸处有一个向南的斗渠，叫继丰斗渠，是继丰三社、四社、五社、六社、八社、九社、十社的灌溉用渠。继丰一社、二社由乌拉河上的斗渠小南渠灌溉。再往下游，八社有 100 多亩地由

① 内蒙古自治区杭锦后旗志编纂委员会编纂《杭锦后旗志》，中国城市经济社会出版社，1989，第 191 页。

王二渠灌溉。二闸处有召渠（因继丰七社以前有一叫土召湾的召庙而得名），负责七社东面的灌溉，再往下有瓦窑渠负责七社西面灌溉。向北有一河那面土地的灌溉用渠，属小毛渠。召渠和瓦窑渠都属于中农渠。七社有这两条"独霸渠"，灌溉非常方便。

图3－2　天生河第一节水闸（摄于2008年7月24日）

天生河水利事务的管辖属天生河管理段。整个村子的浇水事务，虽由水利协会管理，但在运作上还是个人承包。整个继丰村包渠的有二社王锁、三社王继和与七社张文三人。张文除承包继丰七社的渠外，还承包了黄家滩一社的渠。

2007年继丰村灌溉水费52元/亩。"大集体"时，这里最多淌"8个水"，最少"6个水"；现在的标准是"7个水"，每次淌5～7天。原则上是先交钱后浇水，由专门包渠的人负责把钱都收齐，交给天生河管理段，春天一次性把全年的水费都交清，即使少淌一水，费用也照样拿，管理段按水流量计费，最高时0.073元/升。包渠的人看水紧点就能省下水，这样，省下的钱就是包渠人的报酬（见表3－1）。

表3-1 2007年继丰村农田灌溉基本情况

单位：元，亩

水次	总金额	时间安排		一个流量灌溉面积	备注
一 水	5000	阳历 5 月 19 日	农历四月初三	450	
二 水	5000	阳历 5 月 31 日	农历四月十五	500	
三 水	6000	阳历 7 月 4 日	农历五月二十	500	
四 水	6000	阳历 7 月 15 日	农历六月初三	500	
五 水	6500	阳历 8 月 4 日	农历六月二十三	600	
六 水	6500	阳历 9 月 1 日	农历七月二十	550	白 露用水多
七 水	9000	阳历 10 月 25 日	农历九月十五	360~370	

现在七社 1050 亩地的水由张文承包。据张文本人讲，包水一年有 3000~5000 元的利润空间。张文为此还雇了两个看水的，每人给 700 元，一年淌水都得跟着水走。据以前包过水的秦二讲，包渠一般挣钱的时候多，基本上不赔，一年最低也挣 1000~4000 元。浇水过程中也容易产生一些纠纷，管水的人为了挣钱，少给一水，就能多赚近 1000 元。碰到这种情况，村民与包水人的矛盾在所难免。

继丰村从土地开发以来到新中国成立，一直是"地随水走，人随地走"，哪里能浇上水，就在哪里开垦种植。当时的农田水利建设就是修渠打坝、圈地垒堰。因当时地多劳力少，不管地的高低凹凸，10 亩、20 亩甚至 30~40 亩围成一片，引水漫灌。这样既不利于土地的高产，又会引起盐碱化。土地改革之后，实施了缩小地块、平整土地、浅浇快轮等一系列措施，逐步改变了过去广种薄收的习惯。由于河套平原便利的水利灌溉条件，农田也有特别整齐的规划，基本上是农田成方，一般一块儿地不大于 2 亩，这样便于管理，淌水的时间也不会太长，不容易造成倒苗现象。一般淌一亩地要40分钟左右的时间。在"新农村"建设中，继丰村进一步进行渠道砌衬，闸口自动启闭等农田水利基本建设，使灌溉条件更加便利。比如闸口，以前大闸口用水泥板，像斗渠口，要想启闭，必须得有两个身强力壮的男人才能操作，现在都改用铁闸，轻便多了。再者，农渠以前也是水泥板，现在也改成铁板。以前毛渠没有特制的闸口，都是用土打口，因此淌水一般是男人的活，需要耗费很大力气，一块地淌好后，需在很短的时间内将地口打好，否则水就多了，水多了如果再遇上刮风的话最容易倒苗。现在在毛渠上也有了铁制的闸口，淌水非常方便、轻松。河套平原的水利灌溉系统比较科学，有灌有排，土地才不致盐碱化，一直保持着较高的土地利用率。排水系统也分五级，毛沟、农沟、斗沟、支沟、干沟。杭锦后旗共有3个排干：一排干、二排干、三排干。一排干对继丰村的土地盐碱化控制起着重要的作用（见图3-3）。

图 3-3　一排干（摄于 2008 年 7 月 24 日）

二　作物种类

继丰村现在种植的主要粮食作物有小麦、玉米、黍子、土豆、大豆、黄豆、豇豆、黑豆、高粱等。主要经济作物有制种玉米、番茄、花葵、油葵、无壳葫芦、甜瓜、甜菜、胡麻、籽瓜子、茴香等。其他作物有西瓜、蛤蟆皮香瓜、华莱士、丝瓜、黄瓜、西葫芦、面葫芦、大白菜、圆白菜、韭菜、芹菜、菠菜、香菜、胡萝卜、水萝卜、蔓菁、茄子、西红柿、葱、蒜、辣椒、芋头、莴笋、豆角、苜蓿等。其中制种玉米、番茄、花葵、无壳葫芦已形成特色。

经济作物中值得一提的是胡麻。继丰村人除食用动物油之外，还普遍喜欢食用胡麻油，所以胡麻在农作物中一直占有相当比重，但胡麻产量低、成本高。20世纪70年代后期至20世纪80年代，葵花油在食用油中占了很大比重，因此，胡麻的种植显著减少。现在继丰村的主要粮食作物是小麦和玉米，经济作物主要是葵花；为了增产，多数葵花与小麦套种（见图3-4）。虽然河套西瓜享誉全区，尤其是华莱士瓜被誉为"河套金瓜"，但继丰村人种西瓜和小瓜的却很少，主要原因是地理位置较偏，距离市场较远，不利于瓜果的销售。夏天村民吃西瓜主要用粮食换，一斤小麦换4~5斤西瓜。除了传统作物的种植外，继丰村近年来也种植了一些新的作物品种、发展了特色农业，如番茄（见图3-5）、青椒、红椒、无壳葫芦（见图3-6）、籽瓜、制种玉米等经济作物的种植逐渐增多。继丰村现有两个脱水蔬菜生产厂，担负着番茄、青椒、红椒的消化、加工任务。

图 3 - 4　葵花、小麦套种（摄于 2008 年 7 月 24 日）

图 3 - 5　番茄（摄于 2008 年 7 月 24 日）

图 3 – 6　无壳葫芦（摄于 2008 年 7 月 24 日）

继丰村近几年的作物新品种主要有：小麦，主要是永良 4 号；葵花，主要是美葵系列，这一系列有 5009、3146、3148、314、316 等 50 多个品种；常规葵有黑大片、星火、白花、黑花；油葵籽种 5009 种植较多；玉米系列有巴丹、科河、沈单、内单 314、硕秋 8 号、宁丹 10 号；西瓜品种有早冠龙、西农 8 号、高抗 118；蜜瓜品种有甘蜜宝、西域 3 号、华莱士；番茄品种有屯河系列（种植最多的是 1 号、2 号、3 号）、石番系列、87 – 5 系列，番茄都统一种机制苗。

瓜菜主要是籽瓜和葫芦。其余的零碎瓜菜种类较广。有趣的是，葱主要种白葱，种蒜极少，因为本地的蒜长不好、长不大。

三　农作日程

据村民何立军介绍，继丰村的农作日程（以农历为准）如表3－2所示。

表3－2　继丰村农作日程

月历\项目	节气	劳作安排	耗时	主要工具	备注
三　月	春分、清明	春分前几天解冻后耖地，把地耖虚，用碌子压平。然后下种，化肥、小麦、籽种一并下进去	3天打磨地，10天播种，套葵花3～5天	耖地用耖耙，称圆盘耙或缺口耙；播小麦用"分层播种机"	之后闲15～20天
四　月	谷雨、立夏	中旬开始种玉米、籽瓜、葫芦、青椒、番茄。四月初三前后淌第一水	3天打磨地，每项15天内种完，前后得30天。浇水3～5天	施盖化肥、薄膜之后播种，播种需雇穴播机	四月十五日左右种玉米，等机器、准备籽种、化肥得2～3天。播种1天完成。之后自由安排，此时小麦已出苗，否则不能用河水漫灌
五　月	小满、芒种	月初小麦第一水后半个月第二水；补苗、锄草、打药；20日左右小麦第三水，也是玉米、籽瓜、葫芦、青椒、番茄的第一水	锄地一天3～4亩；前后30天	一般是小行人工，大行用耘锄（人力或畜力）	

项目 月历	节气	劳作安排	耗时	主要工具	备注
六 月	夏至、 小暑				6月比较清闲。 打药防治病虫 害，葫芦等作物 主要怕枯萎病。 一般打三次：有 3~4个嫩叶时打 一次，8~10天 左右再打一次， 最后扯蔓时打 一次
七 月	大暑、 立秋				收割小麦之后， 就有人开始 犁地
八 月	处暑、 白露	葫芦、籽瓜视 需淌水。 揪番茄、籽瓜、 葫芦，扯地膜， 直到九月初	一个月 左右	四轮车 或三轮 车运 输	中间籽瓜、葫 芦、番茄的地 收了就开始 犁
九 月	秋分、 寒露				收尾工作
十 月	霜降、 立冬				
十一月	小雪、 大雪				农闲
十二月	冬至、 小寒				
一 月	大寒、 立春				
二 月	雨水、 惊蛰				

四　农用机械的利用

（一）播种

继丰村播种时用两种机械：一种是种小麦用的分层播种机；一种是种葫芦、籽瓜、玉米和葵花用的穴播机。一台穴播机 1300 元，一台分层播种机 1700 元。这两种机械对单户农民来讲较昂贵，一户农民用有点浪费，因此，大多数村民是几家合买。如 2005 年，张文与张云、戴有义、张志成、张仁成合买了分层播种机。2007 年，张文又与张新成合买了穴播机。

（二）作物收割与农产品销售

小麦的收割大多数用联合收割机（见图 3 - 7），价格 40 元/亩；不能用联合收割机的小片麦地进行人工收割。联合收割机直接将小麦秸秆粉碎压在地里，当做底肥；人工收割的小麦要拉到场面上，堆成"垛"，用脱粒机（见图 3 - 8）加工。

图 3 - 7　联合收割机（摄于 2005 年 8 月 31 日）

图 3 - 8　脱粒机（摄于 2008 年 7 月 24 日）

这几年，每到收割小麦的季节，继丰六社的李铁和王学善会雇双庙镇李三的联合收割机来收小麦。有时时间紧，就得雇外来的收割机。玉米主要是人工收，农户忙不过来就得雇人收，按天计费，费用如表 3 - 3 所示。

表 3 - 3　农作物雇人每天费用及收割面积

单位：元，亩

种类　　　指标	收费（每天）	收割面积（每天）
玉米	30 ~ 40	1
番茄、青椒	30	0.5

作物的销售特别方便。现在国家取消了农业税，农民不再需要交公粮，而且粮食可以自由买卖。继丰六社的李铁和王学善到农户家门口收购小麦、玉米、葵花等农产品，农户足不出户就可完成作物销售。销售商一般每斤从中赚取 2 ~ 3 分钱。

五 基于对全村土地统一管理的计算

总的来说，村民觉得种地是一件比较轻松自在的职业，"只是没钱"。现在继丰村的农户进行的都是一家一户的小规模生产，如果对上地统一管理，情况会怎样呢？课题组与继丰七社的一名公认的种地能手——何立军作了如下的计算：

1. 耕地

继丰七社耕地计税面积 1050 亩，加上农民自己开垦的土地，总共将近 1200 亩。每台机器 1 天耕地 20 亩，用一台机器耕地需 60 天，2 台机器需 30 天。但全村共有 30 台机器，2 天就可全部耕完；一台机器需 3 个人，共需 90 个人。假定全村有 60 个青壮劳力（实际情形相差不大），同时加上 20 台机器的投入，一天可耕地 400 亩，则全村耕地全部耕完共需 3 天。

2. 播种

继丰七社共有 11 台分层播种机，一台需 3 个人工，一天可播 20 亩；何立军估计有 4 台同时工作就足够，4 台共需 12 个人，一天可播 80 亩，600 亩小麦需 7.5 天。而播种玉米、葫芦、葵花等用的穴播机需人工和耗时也顶多就是这样。播种期间还需要撒化肥、浇水，如果水便（音 biàn）宜，按一人一天 20 亩计，需 4 人。水不便（音 biàn）宜，一人一天 10 亩地，需 8 人。因此最多需 20 人、15 天全部完成。

3. 其他事务

锄地：每人每天锄 3~4 亩，60 人同时进行，按每人每天 3 亩算，一天能锄 240 亩，锄完 1200 亩共需 5 天。

打药：每人每天打药 10 亩，60 人同时进行，打完 1200 亩共需 2 天。

间苗、补苗：玉米每人每天间补 4 亩；籽瓜每人每天间补 3 亩。60 人同时进行；玉米按总种植 400 亩算，籽瓜和葫芦按总种植 200 亩算（何立军估计顶多 200 亩），则间补完玉米需 1.7 天、籽瓜需 1.1 天，共需 2.8 天左右。

4. 收割

割麦子：一台收割机需 3 人，两人看车，一人量地。全村大约 600 亩小麦，每天收割 50 ~ 60 亩，2 台机器，需 6 人，全部收割完共需 5 天。

收葵花：每人每天收 3 ~ 4 亩，按最多算，全村 60 人一天能收 240 亩，若全部麦地套种，收完 600 亩葵花共需要 2.5 天。

收玉米：每人每天收 1.5 亩，全村 60 人一天能收 90 亩，收完 400 亩玉米共需 4.4 天。

收籽瓜、葫芦：每人每天收 2 ~ 3 亩，按每人每天 3 亩算，全村 60 人一天能收 180 亩，收完 200 亩共需 1.1 天。

这里忽略了这 60 个劳动力的后勤、协调以及其他一些意外。农业生产总共需要耗时 37.8 天。结果令课题组与何立军都有些意外，因为所需时耗太少了。按何立军的看法，"目前村里老年人歇下，年轻人出去打工（但常年打工的没有，大部分利用农闲时间）"是完全有条件的。继丰村人多地少，而且近些年来机械化程度不断提高，农业耗时大幅减少，根据前面的计算，一年 365 天，农业耗时仅仅 37.8 天，占到一年时间的 1/10 稍强。一年中大部分时间可以自由支配，外出打工，加入到农民城市化的进程当中完全有条件。从双庙镇政府和继丰村来看，也是大力鼓励农民外出打工的。这也是继丰村农民增收的一个重要渠道。

六　耕作技术

据旗志载,"清末农垦之处,山、陕边民春来秋去,租种牧地。春来视自然水肥条件,因地乘便,租种收获,秋天带劳动所得返回,并无固定土地和房屋。次年根据自然条件变化,也可能来租种别的土地,也可能不来"。这种耕种而后抛荒的耕作制度就叫"抛荒耕作制"。这是依靠土壤自然肥力所进行的粗放式掠夺性生产。

后来,"抛荒耕作制"逐步演变为"休闲耕作制"。由于随意垦殖受到土地和水资源的限制,农民当年就只耕种部分耕地,其余翻晒休闲,待 1～2 年后耕种,村民将这部分休闲的土地叫"轮歇地",因为次年又要让今年耕种的土地休歇。

新中国成立后进入了"轮种耕作制"阶段。村民将其称作"倒茬"。大多是小麦—糜黍—豆类为主的三年轮作制,以及小麦—豆类—糜黍—胡麻等为主的四年轮作制。

近些年采用的主要是"间、套、复种多熟制"。因受自然条件限制,农作物一熟有余、两熟不足。现在继丰村多是小麦与葵花套种,一亩小麦里套约 12 行向日葵。轮作是小麦—玉米。如果连着种小麦套葵花,两年后小麦就会得青秆病、葵花得白锈病,所以每年得换茬。现在种制种玉米,很大程度上也是出于倒茬的需要。还有一种是小麦田里套种大田玉米。不过这种种法现在已经比较少见。

七　秋浇保墒

秋浇是河套灌区在冬春雨雪稀少且非常干旱的自然条

件下，为解决第二年农作物播种有适宜墒情而在秋季进行的一次储墒灌溉，因其为来年的播种提供了先决条件，故村民称其"安锅饭"。从立秋到寒露左右浇水，通过秋、冬、春的耕、耙、磙等程序，对土壤墒情起到储、保、调节作用，以便使第二年土地墒情好，能适时播种。据原继光一队队长张国成讲，除了碱地，继丰村的土地全部保墒。在保墒过程中要抓好三个环节：秋季储墒阶段多耕多耙，疏松土壤，储水保墒；冬季保墒阶段要在"三九"天磙地，进一步压碎坷垃，堵塞裂缝，减少水分蒸发；春季调墒阶段对于墒干的地要在惊蛰前后磙地、耙地，以引墒和提墒，较湿的地要耖地散墒，以便墒情适当。红泥地宜耕期短，易结成坷垃，进行保墒作业时可先用耙划破地皮，接着耕翻。

保墒地的好处有以下几点：一是能控制地下水位和土地返盐。根据继丰村的土地情况，秋季往往浅浇，水浇得晚些，这样可以降低地下水位，从而有效预防土地盐碱化。保墒后的土地，第二年的庄稼苗子长得旺，也耐旱。二是有利于农田基本建设与土地加工。三是继丰村都保浅墒，这样就能有效避免第二年土地返潮，保墒的土地干燥，能避免潮塌，可以适时早播，保墒很大程度上提高了土地抗灾和抗病虫害的能力。四是能改造土壤，提高地力，提高作物产量。

继丰村秋浇工作具备的有利条件是：

（1）继丰村实行"早浇、节水、保墒"多年，有成功的实践经验和较好的群众基础。

（2）随着群管组织的不断加强和完善，包浇组织也普遍建立，对秋浇乃至全年的灌溉工作都发挥着积极作用。

（3）由于产业结构的调整，瓜果类、无壳葫芦、小日期葵花、脱水菜、番茄、夏茬等种植面积增加，为实现早收、早翻、早浇创造了条件。

秋浇工作存在的主要不利因素有：

（1）分配水量缺口大、供需矛盾非常突出。

（2）秋浇面积增大、需水量明显增加。农业税减免后，由于近年农副产品价格上涨，继丰村出现了新一轮的土地开发热潮，新开发面积明显增加，增加了秋浇用水量。

（3）晚秋作物多，秋浇、秋收、秋翻矛盾突出，势必影响秋浇进度。

八 农耕成本

通过对村民李秀玲、李润玲的访谈得知，继丰村的农耕成本主要有如下几种：

1. 雇机器

春天碌耙地，用四轮车带圆盘耙耙地，带碌子碌地，每亩10元；种小麦用双层播种机，每亩10元，一般雇主给准备饭，饭不算钱；玉米用穴播机，穴播机是小型农具，雇机器带盖薄膜每亩20元；葵花用精选机，每亩20元；番茄买机制苗种植，机制苗比较好，手工栽；收小麦用联合收割机，每亩40元；深翻地，用小四轮车带转头犁，每亩地30元；玉米、葵花人工收，用多功能脱粒机脱粒。脱粒机、小四轮车几乎家家有。

2. 籽种

小麦籽种，主要是"永良4号"，1.5元/斤，其二代、三代1.0元/斤；葵花，主要是美葵系列，只能种一次，这一系列有5009、3146、3148、314、316等50多个品种，美葵110元/斤；油葵籽种100元/斤；玉米系列有巴丹、科

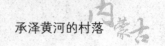

河、沈单、内单 314、硕秋 8 号、宁丹 10 号、科河 8 号，5
元/斤；西瓜品种有早冠龙、西农 8 号、高抗 118，125 元/
斤；番茄品种有屯河系列（种植最多的是 1 号、2 号、3 号）、
石番系列、87 - 5 系列，番茄都种机制苗，0.1 元/株，每亩
2300 ~ 2400 株，共需 230 ~ 240 元。

3. 化肥

改革开放后，村民用的种子好了起来，化肥也用得多
了，逐渐形成了一定的标准，如表 3 - 4 所示。

表 3 - 4　主要农作物春耕化肥投入标准

单位：斤/亩

种类	碳氨	二氨	尿素	复合肥或专用肥
玉米	200	80	60 ~ 70	40 ~ 50
葵花	150	30	50	35
小麦	100（追肥）	70（带肥）	50（追肥）	70（带肥）

2008 年 7 月课题组调查时化肥市价：碳氨 45 ~ 50 元/100
斤；国产二氨 230 元/100 斤，美产二氨 240 元/100 斤，相差
10 元；复合肥 180 元/100 斤；尿素 120 ~ 130 元/100 斤。

从往年最高的情形看，一般是一亩地 10 车粪，170 斤
左右的化肥。换算比例约 31000 斤∶200 斤，即 155∶1，这个
比例应该不算少，但村民现在种地不上粪，全凭化肥。主
要原因一是农民不积肥，二是农家肥带来的经济效益不如
化肥明显。

除了传统的化肥之外，现在继丰村还用硼肥、锌肥，
这些肥料可以防止叶面发黄、补充土壤中缺乏的营养成分。
每袋一斤，售价 8 元；制种玉米每亩用两硼一锌，大棚一般
是一硼两锌，合计均为 24 元。每年春天，买化肥对农民来

说都是一笔最大的开支。

4. 农药

小麦除草剂 2.5 元/小袋, 一亩地用两小袋, 共 5 元; 力杀毙, 每瓶 9 元, 能打 5 亩, 每亩平均 1.8 元。

我们可以依据以上数据, 计算出每亩地的投入和纯收入。单种小麦: 籽种, 50 斤/亩, 1.5 元/斤, 每亩 75 元; 种时压 60～70 斤底肥, 是二氨、尿素等混合肥 (60 斤二氨, 5 斤尿素, 共 150 元); 一水时追碳氨 120～130 斤, 每亩 60 元; 一水完打小麦除草剂 (2.5 元/袋), 一般要带叶面肥 (2.5 元/袋) 一亩地一小袋兑水打, 每亩 2.5 元; 二水追尿素 40～60 斤, 每亩 60 元, 二水以后小麦就不用化肥了; 四水以后是灌浆期, 打药防蚜虫, 用力杀毙, 每瓶 9 元, 能打 5 亩, 每亩平均 1.8 元; 打蚜虫时可混合叶面肥, 每亩平均 2.5 元 (叶面肥可使小麦颗粒饱满); 2007 年水费每亩 52 元; 用联合收割机每亩 40 元——共计 430 元。每亩小麦产量 850～900 斤, 每斤小麦销售价 1.00 元, 每亩毛收入 850～900 元, 除去成本, 种 "单种小麦" 每亩纯收入仅为 420～470 元, 且不含人工费。因此, 继丰村很少有人种 "单种小麦"。据说以后小麦 "见斤补", 如果真能实行, 农民种麦子的积极性会有很大提高。

套种油葵, 一般一亩地收获油葵 400 斤、700～800 元, 小麦 600～650 斤、600～650 元, 毛收入 1200～1300 元, 成本: 化肥 100 元; 葵花籽种, 每斤约 100 元, 每亩需 70 元; 小麦底肥 120 元; 追肥两次, 85 元; 籽种 75 元——共计成本 480 元, 纯收入 720～820 元。不过, 套种和单种比起来所需人工多、劳作多。

从以上计算可知, 单种小麦收入少, 套种小麦收入多。

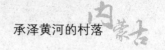

如果家里"有劳力",为提高经济效益,农民一般都套种,小麦套玉米或小麦套葵花,因葵花投资较少,因此小麦套葵花的情况更多些。

九 农田产量

1. 改革开放前

据原继光大队支书王治国介绍,"农业社"时期,小麦产量上不去,国家的"亩产 400 斤任务"也不能完成。村里采取了一系列措施,结果 1967 年就达到亩产 500 多斤,1969 年亩产达到 800 斤。王治国认为,"当时是大集体,只要威信高,能笼络住人,就能提高产量"。除了凝聚力外,化肥的应用也是重要因素。1968 年这里开始上化肥,当时只有硫铵和碳铵。王治国有文化能看懂技术书,对新事物接受比较快,化肥用得比较成功——1967 年亩产 500 多斤,1968 年用化肥后达到 600 多斤,1969 年达到 800 斤。另据村民李志宽介绍,新中国成立时,本地小麦亩产 300 斤就很不错了,平均亩产是 150~200 斤;糜子亩产最高是 90 斤,平均 70~80 斤/亩。1961~1962 年,本地开始种玉米,玉米每亩最高产量是 500 斤,用玉米秸秆做饲料,喂集体的牛、羊、骡、马等。1965~1967 年,玉米作为主产作物,亩产上了 1000 斤。而小麦则每亩 600~700 斤。这从侧面说明王治国所提供的数据可靠性很高。

据旗志载,小麦"平均亩产最低的 1970 年是 74.7 公斤,最高的 1979 年是 148.5 公斤"。即使 1985 年,平均亩产也只有"224 公斤",即 448 斤,这只是继丰村 1969 年平均产量的一半稍多。而玉米"在 1954 年之前,平均亩产不到 150 公斤,从 1955 年开始,平均亩产突破了 150 公斤,并逐年提高。1979 年平均亩产 314.5 公斤，1985 年达到 370.5 公斤"。即使是 1985 年的 741 斤也仅是继光大队 1967 年的 74.1%。可见，继丰村的农作物产量远远高于杭锦后旗全旗的平均水平。

2. 调查的实际产量

据课题组调查，近几年，继丰村的作物产量如表 3 - 5 所示。

表 3 - 5　近几年继丰村的作物产量

单位：斤，元/斤

作　　物	单　产	价　　格
单种小麦	850 ~ 900	1.0
单种玉米	1500 ~ 1600	0.75
单种美葵	500	2.2 ~ 2.3
番　茄	8000	0.2

与此相关，一些经济作物的产量也发生了一些变化，以 2000 年为分界，具体情况如表 3 - 6 所示。

表 3 - 6　2000 年前后经济作物亩产变化

单位：斤

种　类	葫　芦	葵　花	籽　瓜
2000 年之前亩产	200	300	300
2000 年之后亩产	400	400 ~ 500	400

十　农户收入

1. 农户收入

据课题组调查，继丰村农民的收入主要有三个来源：最主要的收入是种植收入，其次是养殖收入，再次是打工收入。如表 3 - 7 所示。

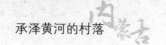

表3－7　继丰村农民人均收入比例

单位：元，%

收入来源		数额	在总收入中所占比例
种植作物	粮食作物	2214	52.45
	经济作物	1578	37.38
养殖		356	8.43
打工		73	1.73

从表3－7我们可以看出，继丰村农民89.84%的收入来自种植收入，其中52.45%来自粮食作物，37.38%来自经济作物，粮食作物比经济作物收入高约15个百分点。养殖收入占到农民总收入的8.43%，打工收入只占到总收入的1.73%。农民的收入主要来自种植业，种植业、养殖业和第三产业（包括打工收入）的比例为45：4：1。据书记王佐民讲，继丰村的产业结构不太合理，种植业、养殖业、第三产业的比例与旗政府提倡的4：3：3的比例还有很大差距。造成这一比例失调的原因主要是人们观念的保守。继丰村土地条件不错，几乎年年都是大丰收，人们觉得出去打工太受罪了，在家里干农活有忙有闲，生活水平也可以，有些人比较满足，也舍得消费，因此，总的来说，待在家的人多，出去打工、经商的少，出去打工的在外地的时间也较短，挣不了多少钱，第三产业发展较慢。养殖业也是每户小规模分散经营，没有形成规模，因此造成种植业收入远远超过其他收入的比例。从上面的比例我们可以看出，由于地域较偏僻，以及人们观念的影响，打工收入很少，在城市化进程中，继丰村的人还要进一步解放思想。

2. 收入差距的个案对比

【年先飞】年先飞，今年40岁，妻子刘兴华37岁，儿子年亭厚，在乡里上中学。年先飞租种了李柱国的地，买了李柱国的砖房，房子很漂亮。但是由于刘兴华体弱多病，再加上经济基础不好，现在有信用社贷款 1.5 万元，私人贷款 1.4 万元。刘兴华的观点是：有本事的全出去做事去了，没本事的才在家种地。

【李润年】今年 55 岁的李润年，在 1998 年参加黄（黄羊）团（团结）公路建设时（村里摊派的义务工），不慎被一辆卡车从右腿髋骨处碾压过去，因没有及时救治，留下了严重的后遗症，腿疼乏力，血压低，丧失了男性功能，不但需常年吃药，还严重影响到做农活。比李润年小 10 岁的妻子石桂兰，先天右腿残疾，只能勉强干一些轻微的农活。李润年出事后，村里为其申请了民政困难补助，每年救济两袋白面。2007 年又获得了低保补助，每年能领到 1080 元的补助款。李润年夫妇有两个儿子，23 岁的大儿子李有成在临河一食堂做学徒，20 岁的小儿子李有龙在北京师范大学读书。家里种着 18 亩地，2006 年有近 1 万元的收入。李润年养有两口母猪，每年能有几千元的收入。从 2007 年开始，每头母猪国家给补贴 50 元。但由于家底薄，劳力弱，加上夫妻二人常年的医药费，还要供小儿子上学，经济十分困难。令课题组感动的是，就是这样一个家庭，这样身有残疾的夫妻，却能顽强地生活着，而且都那么乐观，那么坚强和坚韧。他们的身上体现了中国北方农民的优秀品质。

【刘永武】2000 年 11 月，刘永武年仅 33 岁的妻子张彩萍因患肠癌医治无效去世，留下了年仅 11 岁的儿子刘源源和 10 岁的女儿刘金梅。刘永武为妻子治病花掉了 4 万多元，欠了不少的债。妻子死后，他一个人历尽千辛万苦把两个孩子拉扯大，并且供两个孩子上学。两个孩子也很争气，学习都不错，儿子刘源源在临河第一职业专科学校学习财会专业，女儿刘金梅在奋斗中学读高一。两个孩子的学习费用让刘永武不堪重负，而刘永武自己又有严重的胃病，经常看病吃药，地里的收入又很少（2006 年的纯收入不到 5000 元），生活相当困难。虽然从 2006 年起，村里为他们申请了每人每天 1 元的低保补助，缓解了一些压力，但也解决不了根本问题。言谈中，为了自己的儿女，无助而悲伤的老刘流露出急需得到社会更多救助的愿望。我们为老刘的处境难过，更为老刘的坚强而感动——一个真正的男子汉！

【李铮】李铮今年 56 岁，妻子张竹花 52 岁，老两口身体很好，有三个孩子。大儿子李长春毕业于内蒙古农业大学，现在杭锦后旗政府工作；二儿子李长青学过电焊技术，现在临河搞运输；小女儿李长荣在江苏打工，已在当地结婚成家。李铮喜欢读书，既搞科学种田，又一直十分重视搞养殖。2006 年，李铮农业收入 37650 元，养殖收入 6000 元，总计 43650 元，日子过得很富足。

【彭应国】彭应国是继丰村的村长，平时工作忙，家里主要靠妻子李金香操持。彭应国有三个女儿，学习都很好，大女儿在奋斗中学上高中，二女儿和三女儿在本地上学，花费比较大。彭应国头脑灵活，很会赚钱，他前几年花 16 万元在阿盟左旗买了两辆出租车，雇人跑车，每年能收租金 4 万多元。2006 年，彭应国的农业收入 29100 元，加上跑出租车的 4 万多元，一年纯收入将近 7 万元。农闲的时候，李金香也到附近缺劳力的地方打工，但是不会去太远的地方，打工时间也很短。2009 年，课题组又去了一趟继丰村，得知彭应国的事业做得更大了，现在他已经拥有 4 辆出租车，阿盟左旗两辆，甘肃敦煌两辆，每月收取的出租费达到8000～9000元，这样的高收入让村民都非常羡慕。

通过访谈王佐民书记我们知道，本村人均收入 4500～4600元，一半人家超过了这一平均收入，有些人家还没有达到。问及农户相对收入高的原因时，王佐民书记说，主要有三个原因：一是种地多，除了自己的土地，这些人还承包村里其他人的土地；二是吃苦耐劳，在地里投入的时间多，科学种田，作物侍弄得好，自然产量就高；三是会计划，能够把握市场，这些人种地从不跟风，而是积极了解市场行情，种"缺货"，自然能比别人有更多的收益。

3. 何立军的致富路

何立军弟兄五个，因家庭条件不太好，小学毕业后就失学了。1988 年左右，刚开始土地承包没几年，何立军就感觉牲畜种地不行。正好父亲有个拖拉机，何立军就开始学开拖拉机，刚开始给别人耕地、脱麦子。1989 年，何立军花 900 多元买了台二手拖拉机。过了两年，又花 5000 多元买了辆 15 马力的新车。1994 年，何立军 28 岁，与父亲分家，分得 6 亩地，日子不见有大的起色，就不再做这种农活营生了。1996～1997 年，何立军出外打工，时间在每年11 月到来年的 3 月，地点在双庙镇太华村，工作是打草。打草得 6～7 个人共同协作，开雇主的车；一吨草 50 元工钱，一天能打 3 吨左右；吃饭从工资里扣；幸好住在雇主的破房里，不用交房租。这样，一个冬天挣了 400 元左右，共打了两个冬天草。1998 年，何立军看到四支乡的两姨哥哥做豆腐挺不错，自己也跟着学。两姨哥哥一斤豆子能做出2.8～3 斤豆腐，自己只能学到"1 斤做 2 斤"，赚不了几个钱。因此，他又开始在本地搬玉米、装车。当时搬玉米不管吃，4~5个人装车一车给 60 元工钱。反正农闲也是待着，自己有的是力气，一装就装了 3 年。2001 年，本村彭应军去了阿拉善左旗，何立军将其拖拉机连车带农具全买了过来，车、斗子、地膜机和耖耙共 8600 元。有了工具，何立军开始四处给人耖地、耱地、播种、盖膜。当时耖一亩地 3 元，耱一亩地 2 元，地一般都得耱两遍，那么一亩地就需花费 4 元；犁一亩地的花费是 20 元，因此一亩地下来能赚 27~30 元。到了 2004 年，各方面费用开始涨价，"收拾地"的费用也开始涨价，一直到现在。耖一亩地花费 5 元，耱一亩地花费 5 元，耖两遍需花费 10 元，犁一亩地 30 元，共计 45 元。全村需要收拾的地共 70~80 亩，按 80 亩算，减去何立军自己的 25 亩地，则有 55 亩需要雇何立军来收拾。按何立军的说法，耖地、耱地的比较少，总共收拾的有 40 多亩地，按 45 亩计，则 45×45 = 2025 元。只犁地的仅 10 亩，收入 30×10 = 300 元。下种（播种）一般每亩收费 12~13 元，区别在付钱方式上，现钱每亩 12 元，赊账每亩 13 元。按 80 亩赊账算，共 1040 元。还有一项技术活是铺地膜，铺地膜是何立军提供车和机子，地膜、耗油由雇主出，主要得把握好尺寸。除了本村的 80 亩，还要给外村铺，共 60~70 亩。这样，毛收入就是 3365 元。每年何立军给别人耖地需支出最少 2000 元的油钱，有时候加油还比较困难。2007 年冬，这里加油站最多给加 50 元的油，用完再来加，何立军说前年（2005 年）也有过类似情况。而且吃饭还在自己家里，这样自己不用等饭，雇主也不用等自己，所以在计算其收入时，也应把饮食的支出减去。这样算下来，纯收入也就 2000 元左右。不过何立军很善于发现

"赚钱机会"。2006 年开始,何立军给别人杀猪。杀一头猪能挣 30 ~ 40 元,一般是按猪的重量计,200 斤的猪杀猪钱30 元,400 斤的 40 元。本村最大的猪是 360 ~ 370 斤,所以杀猪钱一般是 30 元。2006 年何立军共杀猪 15 头,一年杀猪共能挣 15 × 30 = 450 元。按何立军的说法是 300 ~ 400 元。这样,我们就可以算出何立军一家一年的支出和收入了。

十一 土地的流转

据村民讲,1981 年,继丰村实行第一轮土地承包。1996 年,继丰村实行第二轮土地承包,延长土地承包期,30 年不变。1996 年土地承包以后到现在 12 年里,土地分配问题逐渐显露出来。这 10 多年再没有大规模的土地分配,只有一些小范围的调整。有些新生儿和娶回的媳妇没有土地,生活有一定困难。村里有些人外出打工,有些老年人没有劳动能力,有剩余劳动力的人家就将他们的土地承租过来,每亩地给土地所有人 120 ~ 150 元承包费。这样也能有效缓解农民缺少土地的问题。

【个案 1】刘永明和杨金凤夫妇有一个儿子和一个女儿,儿子刘平原毕业于集宁师专,现在临河旭日私立学校任教;女儿刘红燕初中毕业后现在临河一家美容院打工。2000 年刘永明在村里开了小商店,农忙时只能白天关门,早晚开一会,所以收入很少,夫妇俩对访谈人员说"我们的商店就要关门了"。他们有耕地 19 亩,还承包了 19 亩,每亩地每年承包费 140 元。忙时得雇人,一人一天 40 元,去年(2006 年)雇了 9 人,干了两天。

【个案 2】今年 56 岁的朱继民,原籍宁夏惠农,初中文化,20 世纪 70 年代曾任生产队的保管。朱继民夫妇有两个儿子和一个女儿，都已成家。2006年朱继民承租了14亩地，加上自己的16亩，共种了30亩地，都是小麦和玉米，没有种植其他经济作物。另外还养了几十只羊。全年的经济收入2万多元，经济条件在村里属于中上等水平。目前较大的负担是要赡养无儿无女的叔父朱万象。叔父虽然已申请成为低保户，每月却只有20元的低保费，自己压力很大。

【个案3】彭应成、梁润莲夫妇有三个孩子，女儿彭丹13岁，一对双胞胎儿子8岁，都在上小学。彭应成说他们的三个孩子都已经"下了户"，但两个双胞胎儿子至今没有按户口分到土地，所以全家5口人只有3口人的9亩9分地，想多种只能承租，而承租费用又一年比一年高。问及原因时，他们讲主要是因为政策上要求承包的土地30年不变，因婚丧嫁娶等引起的土地问题不能得到及时解决。据彭应成夫妻介绍，这种现象在村子里比较普遍，不少人都很有意见。

据课题组统计，在调查的53户中，有15户承租了其他村民的土地。继丰七社总户数71户，迁出25户，土地全部由村里人承包，其他村的情况也类似，因此承租成为继丰村的普遍现象。这种承包一般是将土地的风险和各项补贴都承包，但也有个别例外，这就看承包双方怎样协商。土地租种主要以双方的口头约定为主，没有特别规范的协议，也因此出现了不少纠纷。村民非常期待"有一个规范的东西来解决这些问题"。

十二 农户信贷

农户种养业贷款属个体联保消费型贷款，本地信用社贷款主要是春贷，属小额信用社贷款。信用社通过村、社、群众代表评定信用等级。将农户分为"优秀户"、"较好户"、"一般户"。信用等级好的（优秀户）不用担保，最高可贷 15000 元，较好户可贷 10000 元，一般户可贷 5000 元。累贷户评不上信用等级，贷款就得担保，即农户联保贷款。贷款全部是现金，0.8% 的利率，这比起民间高利贷 1.2% ~ 1.5% 的利率要低许多。

当然，除了种养殖的春贷外，农户在秋天如果信用贷款不够，可以加上联保贷款，每户 20000 元，即加上春贷最高可贷 35000 元。

还有一种助学贷款。凡自治区内的学生，凭教育局、乡政部门、村委、录取通知书，最高限额一年可贷 6000 元，一学年后可重新贷，利息由自治区财政厅偿还。不过因为手续烦琐，且只能在区内享受，因此，办助学贷款的人很少。

据在信用社工作的王福礼介绍，小尾寒羊和奶牛的贷款投放都不成功。

十三 继丰村农业发展特点及存在问题

（一）继丰村农业发展特点

（1）玉米、小麦种植逐年减少，经济作物种植逐年增加。经济作物主要有番茄、制种玉米、青椒、红椒、西瓜、蜜瓜、甜瓜、葵花（油料类增加）等。

（2）种植方式变化：套种少了，单种多了。原因：套种用肥多，生长期长，地晒不好，影响产量。很多农民外出打工，家里只有老人和小孩，单种可以提高机械利用率，

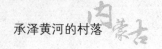

需劳动力少。

（3）耕地相对增加了。原因：开垦荒地多了。近年来对盐碱地进行了因地制宜的改良，使土地增加。

（4）订单农业增多。农牧产业化加工企业增多，卖难问题解决，玉米、小麦上门收购。继丰村有两个脱水蔬菜厂，基本实现了订单农业。

（5）作物单产产量提高。经济作物、粮食作物产量都增加了。

（二）继丰村农业发展存在的问题

1. 病虫害增多

近年来，最严重的病虫害是番茄晚疫病、葵花螟、向日葵菌核病、黄萎病和红蜘蛛。向日葵和番茄是继丰村的主要经济作物。种植番茄是种植其他作物经济效益的 3 倍，一旦发生疫病，一天之内作物就能全部死光，经济损失特别巨大。葵花螟寄生于葵花花盘上，属活体寄生虫，主要是在成熟的葵花子里打洞，使葵花子的产量和品质受影响，有的产量减少一半以上。一旦大面积发生番茄晚疫病和葵花螟将对继丰村的经济造成极大损失。因此，继丰村本着"预防为主、综合防治"的植保方针，采取统防统治的形式，提出了一系列防控办法。

其他还有葵花锈病、小麦全蚀病、小麦白粉病、青椒枯叶病、霉病、锈病、叶枯病，以及西瓜、甜瓜、蜜瓜霉病等。

由于气候变化、生态环境恶化等一系列原因，现在继丰村农田里还出现一些特别难治的病害，比如红蜘蛛，有些村民没有办法就买"三九一一"、"乐果"等打虫。这两种农药因为高毒、高残留早已被国家明令禁止，可现在又被偷偷地用起来。问及打过这两种农药的粮食是否安全时，村民说，"'三九一一'农药残留严重，小麦用'乐果'残留不大，药喷在小麦外壳上，不是直接喷在小麦上，但蔬菜农药残留很大"。为了安全，农民给卖的小麦打"三九一一"，给自己吃的小麦打"乐果"，这是一个非常严峻的问题。

2. 种地成本高

化肥、柴油、籽种三项农资大幅度涨价造成种地成本高。以一亩单种小麦为例，三年前小麦售价 0.9 元/斤，2007 年 1.03/斤；三年前单种小麦产量 950 斤，今年 1000 斤；三年前，二氨 110 元/100 斤，今年 240 元/100 斤；三年前碳氨 22 元/100 斤，2007 年 42 元/100 斤，三年前尿素 90 元/100 斤，2007 年 120 元/100 斤，其他化肥也在涨。以上数据告诉我们，作物产量与三年前相比增加很少，而种地成本却大幅增加了。村民都认为种地是个"高成本、高风险的活"。

3. 种田科技含量上不去

据村书记王佐明讲，现在一个突出的问题是种地科技含量上不去。比如测土施肥技术的运用势在必行，有了测土施肥技术，我们就能对症下药，花较少的钱，取得较好的效果。每次科技培训，凡是去参加的村民日子过得都不错，但有些人就是管上饭也请不去，这是个观念的问题。王书记讲，有些人种田沿袭传统，就记住三大肥料，实际上现在的混合肥料效果也很好，要想降低种田成本，要积极做好测土施肥，这样才能缺什么补什么，"对症下药"。

第二节　养殖业

一　养殖业的历史概述

　　课题组通过召集村民代表座谈会（主要调查对象为村里的老人，重点是曾经担任过乡、村、社领导职务或村里常住户和大户的代表），以及查阅《杭锦后旗志》（中国城市经济社会出版社，1989 年 8 月第 1 版），可以对继丰村养殖业的历史进行简要明晰的概述：继丰村和杭锦后旗的其他地方一样，民国以前主要为未被开垦的草原地带，以蒙古族为主的牧民逐水草而居，游牧为主要的生产方式，畜牧业自然是这一地区的主要经济方式。民国时期，随着从甘肃、宁夏等地迁居过来的人口逐渐增加，以及草地逐渐被开垦等原因，该地成为由牧区向农区的过渡地带，出现了牧业户、农业户以及半农半牧户。此时的家畜种类主要有羊、猪和牛，人们以放牧为主。其中，牧业户依靠天然牧场放牧；农业户的耕畜日役夜牧，或半圈养半野牧；半农半牧户的牲畜则多为分群管理，场畜野牧，役畜半牧半舍。1958 年"人民公社化"以后，畜牧业生产也实行了集体化，除了猪、鸡、兔、鸭等小家禽、家畜外，牛、马、驴、骡、羊等成为集体财产，开始集中圈养。由于管理不善、饲草料不足，加之大量开垦、盐碱化日益严重等原因，草地面积迅速减少，畜牧业发展缓慢乃至呈现衰退趋势。1978 年，杭锦后旗革委会颁布了《农村人民公社畜牧业生产管理试行办法》，实行了定任务、定产量、定报酬和超产奖励等制度，对畜牧业的发展起了推动作用。1981 秋开始实行联产承包责任制后，全部牲畜被分配到户饲养，并通过发放无息贷款、改良品种、完善管理体制等一系列扶持养殖业的政策措施，出现了一批猪、羊、牛、鸡等养殖专业户，畜牧业生产得到恢复和发展。

根据我们的走访调查，20世纪80～90年代，继丰村几乎每家每户都进行自有的小规模养殖。鸡、兔、鸭等小家禽及猪、骡、马、牛等家畜主要为圈养，羊则以圈养为主结合野牧。由于种类多、数量少、较分散，还不能称为养殖业；但如果将每家每户养殖的禽畜集中起来，却也有相当的数量和规模。进入20世纪90年代以后，随着村里人口的迅速增加，人均耕地减少，大量的草地、荒地被开垦，劳动力主要投入农业生产，加上近年来"退耕还林"政策的实施，农户单独饲养的猪、羊、鸡等家禽家畜都基本上实行圈养，饲养成本增加，数量有所减少。同时，随着农业机械化程度的不断提高，过去用作农耕畜力的牛、马、骡等大牲畜也逐渐失去了用武之地，只有部分农户饲养1～2头驴或骡作为机械的辅助，而成本更大的耕牛则基本绝迹。

二 当前养殖业的基本情况

根据2007年的入户调查显示，继丰村的猪、羊、鸡等主要禽畜种类的养殖情况如下所示：

（一）羊的养殖

目前该村养殖数量最多也最普遍的家畜是羊，几乎家家都养。羊的数量多少不等且变化较大。就常年存栏数来看，平均每户大约养11只。2006～2007年该村部分农户羊的存栏情况如表3-8所示。

表3-8　2006~2007年部分农户羊存栏统计

单位：只

户　主	存栏量	户　主	存栏量
彭友明	12	王治国	8
刘永明	4	何立军	5
田如丰	7	张　文	30
戴友义	8	张建仁	10
王福强	3	李润年	12
李志俭	5	张军海	15
彭应明	7	朱继文	10
李　镜	8	张志成	6
何立平	15	彭应成	7
年先飞	9	朱　云	7
张国成	11	朱继民	20
张　明	28	朱万国	13
李　铮	20	彭友明	12
朱继云	19	刘永明	4
彭应国	4	秦建强	14
李志宽	10	张新成	12
张　平	18	张　荣	15

1. 羊的主要品种

就羊的品种而言，目前该村饲养的主要是小尾寒羊和肉羊（见图3-9）。据有多年养羊经验的村民介绍，小尾寒羊是著名的肉、毛、皮兼用而以产肉为主的细毛型绵羊品种，具有早熟、多胎、多羔、生长快、体格大、产肉多、皮毛好、遗传性稳定和适应性强等优点。这种羊体格高大，体型匀称，体质结实，毛白色，鼻梁隆起，耳大下垂，脂

图 3-9 肉羊（摄于 2009 年 5 月 20 日）

尾呈圆形，尾尖上翻，胸部宽深，肋骨开张，背腰平直，体躯长呈圆筒状，四肢高，健壮端正。公羊头大颈粗，背腰平直，四肢粗壮，侧视略呈方形，有较大的螺旋形角；母羊头小颈长，多数有角，后躯发达。小尾寒羊可终年繁殖，4 月龄即可育肥出栏，年出栏率 400% 以上；6 月龄即可配种受胎，年产 2 胎，胎产 2～6 只，有时高达 8 只；平均产羔率每胎达 266% 以上，每年达 500% 以上；6 月龄体重可达 40 公斤，周岁时可达 88 公斤，成年羊可达 100～120 公斤。肉用羊主要是由从澳大利亚引入的"无角道赛特"优质种公羊和小尾寒羊杂交而成。"无角道赛特"具有早熟、生长发育快、全年发情和耐热及适应干燥气候等特点。公、母羊均无角，颈粗短，体躯长，胸宽深，背腰平直，体躯呈圆筒形，四肢粗短，后躯发育良好，全身被毛白色。成年公羊体重 100～125 公斤，母羊 75～90 公斤。毛长 7.5～10 厘米，剪毛量 2.5～3.5 公斤。胴体品质和产肉性能好，4 月龄羔羊胴体 20～24 公斤。产羔率为 130%～180%。用"无角道赛特"羊与小尾寒羊杂交，一代公羊 3

月龄体重可达29公斤，6月龄体重可达40公斤，是产肉型优质羊种。

此外，据年龄较长的村民介绍，美丽奴、新疆细毛羊、蒙古羊等品种在本地也曾有较多养殖。

2. 羊的饲养方式

根据调查显示，继丰村养羊历史悠久，人们在实践中积累了丰富的养羊经验，形成了一套科学的养殖方法。大集体时期，由于生产资料归集体所有、统一管理，羊的养殖主要是由生产队委派专人放养；从实行联产承包责任制开始至20世纪90年代中期，由于羊的养殖分散到每家每户，且数量较少（一般每户为6~8只），而当时人们把主要劳力都投入到种植业，既无力扩大养殖规模，又不愿意把有限的劳力分散到并不划算的养殖上（主要是由于当时市场的不成熟以及人们的市场意识普遍淡薄所致），而长期以来形成的传统观念又使人们不能也不愿意完全放弃养殖（当时农村有一种根深蒂固的观念：没有任何养殖的农户被认为不是好的或真正的庄户人）。鉴于上述情况，加上当时尚有较为充足的荒草地，于是人们便想出了"化零为整，集中放养"的办法：由各养羊户按照羊的数量出钱（开始时也可以折合成小麦等粮食计）雇人集中放养。后来，一方面由于雇人放羊的成本逐年增加，另一方面随着荒地的不断被开垦，荒草地面积逐年减少，加上"禁牧"及"退耕还林"等政策的陆续出台，逐渐失去了野外集中放养的条件。如今继丰村和当地的大部分地区一样，养羊户除了在农闲时偶尔将自家的羊赶到田头渠畔短时间放养外，大多数时间靠圈养。

圈舍饲养首先要解决的就是饲料问题。玉米是这里人们养羊的上等饲料，农户称之为"精饲料"。但由于成本问题，一般只在三种情况下喂玉米：一是在母羊的临产期和哺乳期为增强其体质，每天用量约 0.4 斤；二是在羊羔断奶后的 1 个半月左右，每天适量；三是出栏前的短期育肥，根据羊的膘情和育肥时间决定喂养量，一般每天 0.6 斤左右。除了还不能喂养草料的小羊羔外，玉米主要作为饲羊的辅料，玉米秸秆才是最基本的饲料。种植 4 亩玉米的秸秆至少可以喂养 10 只羊。如果自己家的秸秆不够用，一般有两种解决办法：一是购买别人家的秸秆（每亩地的玉米秸秆一般 10~15 元）；二是在夏秋季节利用农闲打草作为青储饲料。在短期育肥时也有少数人使用购买的专业饲料，但成本较高。

3. 投入与产出（不含劳动力成本）

关于羊养殖的投入产出情况，由于各户养羊数量、喂养方式的差别，加之肉、毛、饲料等的价格受市场变化影响等原因，情况比较复杂，不但养羊的个体之间差异较大，而且当前和 20 世纪 90 年代中期以前相比也有明显差别。

20 世纪 90 年代中期以前，养羊的投入产出情况大致为：

（1）投入：此期养羊的投入主要有三个方面：一是购买种羊的费用。当时各家各户的羊最初都是生产队解体以后按人口数所分得，当时 1 只羊折价 40~50 元。按平均每户 8 只羊计算，此项投入为 400 元（但此后主要靠自己所养母羊繁殖，所以此项费用逐年减少）。二是雇人放羊的费用。当时 1 只羊 1 年的费用为 8 元钱，8 只羊投入为 64 元（此项费用逐年增加）。三是养羊的饲料投入。因当时大部分时间是放养，所以饲料上投入很少；冬季圈养的时间稍长，来自农业的辅料——主要是玉米秸秆，也足以解决饲料问题。唯一需要投入的是在母羊临产和哺乳期间所需要的精饲料（玉米），一般需喂养两个月的时间。按 1 只羊 1 天喂养 0.2 ~ 0.3 斤，1 斤玉米的价格为 0.2 元来计算，两个月 1 只母羊的花费为 3.6 元。而当时一个养羊户中一般公羊为 2 ~ 3 只，母羊为 5 ~ 6 只。这样每户 1 年中在饲料上的投入为 21.6 元（按 6 只母羊计算）。以上几项合计，每一个养羊户 1 年的养羊投入大致为 485 元，羊均投入 60 元。

（2）产出：这一时期养羊的产出主要有两方面：一是羊毛的销售收入。当时 1 只羊 1 年平均可以产 10 斤左右羊毛，每斤羊毛的价格为 4 ~ 5 元（这一价格起伏变化较大），如果以 8 只羊计算，一养羊户 1 年内卖羊毛的收入是 320 ~ 400 元。二是直接卖羊的收入。当时 1 只羊的价格是 80 ~ 100 元（这一价格逐年增加），按每户 1 年卖 5 只羊计算，此项 1 年的收入为 400 ~ 500 元。这样，一个养羊户 1 年的养羊收入为 720 ~ 900 元，羊均纯收入为 30 ~ 50 元。

20 世纪 90 年代中期以后，由于养羊的方式、数量、规模以及羊肉、羊毛、饲料等市场价格等都出现了较大的变化，所以养羊的投入产出情况也变得更为复杂。就总的情况来看，由于受羊的皮毛价格起伏变化巨大的影响，村民为了有效规避市场风险，羊的品种由过去的以毛为主、毛肉兼顾逐渐转向以养殖肉羊为主。同时，羊的来源主要是用自己所养的母羊进行繁殖，所以购买种羊的成本基本上可以忽略不计。饲料方面，主要有玉米、玉米秸秆和葵花饼（有时需粉碎），而后两者皆为自家农作物的副料（少数村民自己种植的玉米、葵花较少，副料不够做饲料时，也低价购买他人的），成本也基本可以忽略不计。而由于交通、习惯及市场意识淡薄等原因，多数村民都直接把羊销售给进村收购的小商贩，很少有运到市场上直接销售的，因此也基本上不存在销售的运输成本。其他如防疫等费用也占极小的比例。这样一来，养羊的主要成本就是以玉米为主的精饲料的投入。而且当前以饲养肉羊出售为主，所以精饲料的喂养除了母羊临产期和哺乳期外，出栏前一般还有约 2 个月的育肥期，这样就增加了精饲料的使用量。1 只母羊临产期和哺乳期的两个月每天喂养 0.3 斤，育肥期（包括公羊）的两个月每天喂养 0.6 斤，这样 1 只羊到出栏大约共需玉米 64 斤。以 2006 年底的玉米市场价格每市斤 0.75 元计算，1 只羊 1 年的饲料成本约为 48 元。而以同时期的羊肉市场价格每市斤 6 元、每只出栏羊平均产肉 40 斤计算，加上皮毛收入，每只羊大约可销售 300 元。一个农户若以年出售 10 只羊计算，羊的纯销售收入可达到 2600 元。

4. 疾病与防治

羊属于患病较少的家畜。只要科学饲养、积极预防，诸如炎症、痢疾、消化不良等常见疾病，以及口蹄疫（俗称五号病）等流行性疾病，是可以得到有效防治的。当前主要采取"预防为主，防治结合"的方针，每年由乡镇动物防疫部门逐村逐户对羊进行定期注射防疫，继丰村已多年没有发生大的流行性疾病。

（二）猪的养殖

在农村，猪的养殖很普遍。据 2007 年调查数据（见表 3－9）显示，继丰村中养猪的农户几乎达到百分之百，但每户养殖数量不大，平均每户猪的存栏数为 2.1 头，没有成规模的专业养殖户。

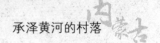

表 3 – 9　2006～2007 年部分农户猪存栏统计

单位：头

户 主	存栏量	户 主	存栏量
彭友明	4	秦建强	2
刘永明	1	秦建河	3（母猪1）
张 平	5	何立军	1
张新成	2	彭应国	1
戴有义	4	张建仁	2（母猪1）
李 镜	2	李润年	2（母猪）
何立平	2	张军海	2
年先飞	1	李志宽	3
张国成	2	朱万国	2
张 明	2	彭应成	2
李 铮	1	张 荣	1

1. 猪的主要品种

根据对养猪户的调查，走访旗、乡两级畜牧部门及参考相关资料，课题组了解到，继丰村农户所养猪的品种比较复杂。20 世纪 90 年代前以养殖肉脂兼用型猪为主，近年来由于人们生活习惯的改变以及市场变化，对猪瘦肉的需求迅速增加，所以大多数农户开始养殖瘦肉型或兼用型猪种。

瘦肉型猪是指以生产瘦肉为主要特征的猪种。瘦肉型猪瘦肉多、肥肉少，胴体瘦肉率在 55% 以上。其生长发育快，肥育期短，产瘦肉能力强。其外形特点一般是前后肢间距宽、躯体长、胸腿肉发达、头颈较轻、身躯呈流线型，一般体长大于胸围 15～20 厘米。在标准饲养管理下，6 月龄体重一般可达 90～100 公斤。本地饲养的瘦肉型品种主要是长白猪和大约克夏猪。长白猪原产于丹麦，现有英系、丹系、比利时系等不同血统。长白猪头小清秀、颜面平直、耳向前倾平伸略下耷、大腿和整个后躯肌肉丰满、体躯长、前窄后宽呈流线型、全身毛白色，在良好的饲养管理条件下，一般 6 ~ 7 个月体重可达 100 公斤，出瘦肉率为 66%（由于饲养水平等原因，养殖差异较大）。大约克夏猪原在英国培育成功，体格大、体型匀称、耳直立、鼻直、四肢较长，全身毛白色，故称大白猪。在良好的饲养管理条件下，一般 5 个月左右体重可达 100 公斤，出瘦肉率 68%以上。

兼用型猪的体形、胴体肥瘦度、背膘厚度、产肉特性、饲料转化率等均介于瘦肉型猪和脂肪型猪之间，有的偏向于瘦肉型猪，称为肉脂兼用型猪；有的偏向于脂肪型猪，称为脂肉兼用型猪。兼用型猪的典型代表为苏白猪。苏白猪是苏联大白猪的简称，为兼用型品种，体格大、体质健壮、适应性强、产仔多、生长快、杂交效果好。其体形特点为头较大、嘴长直、面微凹、两耳直立稍向前倾、颈肩结合良好、背腰长直宽平、肋骨弓隆、腹部丰满不下垂、腿臀较丰满、四肢粗壮。在一般饲养条件下，肥育期的日增重在 500 克以上。

此外，继丰村还有一些二元和三元杂交型猪。

2. 猪的饲养

猪的养殖有着悠久的历史，但由于长期以来都是单家独户少量喂养，没有形成规模化养殖，所以在饲养方法上基本延续着传统的饲养习惯。春季（农历二至三月）购进猪仔，冬季（农历十至十一月）屠宰，其间按照猪的生长规律和习惯进行不同的饲养，饲料都是用玉米等粮食和粮作物的副产品。断乳后 2 ~ 3 个月内的小猪，一般都是以水调和玉米面为精饲料喂养，每天 3 ~ 4 次，每次适量。到中猪阶段，逐渐减少玉米等精饲料，而增加小麦麸皮、

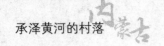

粉碎的葵花饼等粗饲料，并且用上述精、粗饲料混合青菜饲料喂养。等到出栏或育肥阶段，再逐渐增加精饲料的比重。这种饲养方式虽然没有系统的理论指导，但长期积累的经验也包含了相当的科学成分，特别是比购买专门的饲料节约了大量的成本，提高了投入产出的比例。更为重要的是，这样喂养出来的猪，肉质鲜美，深受城市居民喜爱，被习惯称为"农村猪"，售价一般要高于纯用饲料喂养的猪。

由于当地绝大多数农户养猪主要是自家食用，只有剩余部分才销售，且饲料基本上来自种植的农作物，每户的饲养方法和饲养量又不尽相同，所以对养猪的收入难以进行较准确的计算。就所调查的农户来看，每户的计算方法和结果都不一样，出入很大，求取平均值很难反映实际情况，所以对于养猪的投入与产出，我们的调查只能到此为止。

3. 疾病与防治

猪属于易患病的家畜。对于一些常见疾病，如流感、肠炎、腹泻、白痢病等，当地人们习惯用一些"土"办法治疗：在饲料中添加大蒜、仙人掌或用醋熏等办法进行杀菌消炎，往往有很好的效果。而对于一些严重的疾病，则主要依靠当地防疫部门进行定期防疫和救治。对猪威胁最大的疾病主要是口蹄疫、猪瘟和蓝耳病。

口蹄疫（俗称五号病），是偶蹄动物的一种急性、热性、高度接触性传染病，传染性很强。其特征为动物发病时口腔黏膜、蹄部和乳房皮肤发生水疱，同时伴有发烧、食欲缺乏等症状，患病动物体重大幅下降。猪瘟俗称"烂肠瘟"，是一种高度传染性疫病，成为威胁养猪业的主要传染病，可分为急性和慢性两种类型。急性猪瘟的主要特征是：呈败血性变化，实质器官出血、坏死和梗死，潜伏期一般为 5～7 天，短的 2 天，长的可达 21 天；发病突然，高热稽留，全身痉挛，四肢抽搐，皮肤和可视黏膜发绀，有出血斑点，体温达到 41℃ 左右，持续不退；行动缓慢，头尾下垂，寒战、口渴、很快死亡。慢性猪瘟的主要特征是：消瘦、贫血、衰弱、步态不稳、食欲缺乏、便秘和腹泻交替进行，死前体温降至正常以下，病程 1 个月以上，不死者长期发育不良而成为僵猪。蓝耳病是猪繁殖与呼吸综合征（PRRS），是由猪繁殖与呼吸综合征病毒（PRRSV）引起的一种高度接触性传染病，不同年龄、品种和性别的猪均能感染，但以妊娠母猪和 1 月龄以内的仔猪最易感。该病以母猪流产、死胎、弱胎、木乃伊胎以及仔猪呼吸困难、败血症、高死亡率等为主要特征。这些疾病都曾经有过大面积流行，给养猪的农户造成了严重损失。近几年，随着防疫工作力度的加大、饲养方法的科学性以及人们防疫意识的增强，这几类疾病都得到了有效的控制，发病率明显降低。据调查，2003～2007 年，本村没有发生较大的猪流行疾病。另外，由于政府推行动物保险和补贴，减少了疾病造成的损失，降低了农户养猪的风险。

（三）鸡的养殖

鸡虽然属于历史悠久的家禽，但由于平均劳动力成本、饲料成本较高、不好管理、易患病及抗病能力差等原因，鸡的养殖逐渐减少。据 2007 年的调查（见表 3－10）显示，继丰村养殖鸡的农户占全村的 60% 左右，没有专业鸡养殖户，养殖数量一般在 30 只以内。

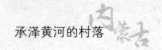

表 3-10　2006~2007 年部分农户鸡存栏统计

单位：只

户　主	存栏量	户　主	存栏量
彭友明	13	秦建强	5
刘永明	12	秦建河	15
王福强	8	何立军	6
王治国	20	彭应国	5
戴有义	8	张建仁	10
李　镜	10	朱　云	8
何立平	13	张志先	6
年先飞	11	李志宽	6
张　文	10	朱万国	5
张　明	29	彭应成	10
李　铮	16	张　荣	10

　　鸡的种类主要有蛋鸡、肉鸡和种鸡，一般在农历四至五月由市场购买回幼鸡饲养。幼鸡饲养主要用自配的饲料：一般为玉米面、麸皮或加上切碎的野菜混合而成，一天 3~4 次定时喂养。也有用购买的专业饲料喂养。待 2~3 个月后，便开始散养与喂养相结合而以散养为主，一般一天喂食一次。在养殖方法上，由于数量较少，不太注重科学的方法，主要是凭传统的经验，所以抵抗流行疾病风险的能力较差。农户所养鸡的肉和蛋基本上供自己食用，少有出售，所以在经济收入中几乎不占比例。

　　对鸡威胁最大的疾病是新城疫。新城疫是由新城疫病毒引起的一种急性传染病，主要感染鸡等禽类，染病家禽会出现食欲减退、精神委靡等症状。这种病不受季节的影响，一年四季均可发生，但以冬春两季多发。主要症状是：

排泄黄绿色稀粪，其中混有白色炎性分泌物；慢性病例的神经症状，病鸡扭颈、转圈、头触地或抬头观星姿势，大多表现呼吸困难，张口呼吸。目前对本病尚无特效疗法，鸡一旦发病即紧急免疫，可得到一定控制。

三 继丰村养殖的典型案例

现年 55 岁的村民李润年家，是继丰村中较为重视养殖业的农户，养殖业的收入在家庭全年收入中占有较大比重。2006 年，他们家共养羊 12 只，销售出栏羊 5 只，纯收入1100 多元；养母猪两头，每头产崽一窝，存活 10 头，销售猪崽收入 2000 元，加上销售猪肉的收入，养猪 1 年的纯收入近 3000 元。两项合计 5000 元，约占全年家庭总收入的 1/3。

根据调查，继丰村中像李润年这样养殖收入占家庭全年总收入比重较大的农户很少。其他大多数农户的养殖收入占家庭全年总收入的比重都比较小。如 2006 年的张荣家，存栏羊 15 只，销售收入 4000 元；朱继民家，存栏羊 20 只，销售收入 3400 元；张军海家，存栏猪 2 头、羊 15 只，销售收入共 2500 元。分别占其全年家庭总收入的 1/5、1/6 和 1/10。

总之，根据调查，目前继丰村作为以农业为主的地区，养殖业呈现出以下一些主要特点：第一，对养殖业的重视程度不高，只是由于长期形成的传统观念和消费习惯（这里村民的肉食以猪肉、羊肉、鸡肉为主，而这些基本上都是自给自足），所以进行一些简单的养殖。第二，养殖的主要种类是猪、羊和鸡，比较单一。第三，以家庭为单位的养殖是主要方式，且数量少、规模小，没有成规模的专业养殖户，有则呈现出小型、分散的特点。第四，养殖业的收入占家庭总收入的平均比重较小，但也是不可缺少的收

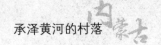

入来源，而且往往成为季节性很强的种植业收入的重要补充。不过，由于特殊的地理位置、环境及养殖业的悠久历史，随着退耕还林、还牧政策的实施和不断深化，养殖条件的逐渐恢复和改善，以及市场的需求变化，这里的养殖业应该重新进入一个快速发展的时期。对本地养殖业的未来发展，我们的建议是：一要充分利用政策和本地地理环境特点，扩大草场面积，为发展养殖业创造条件；二是走以农养牧、农牧结合的道路；三是逐步扩大养殖规模，形成越来越多的养殖专业户或养殖联合体；四是进行科学的市场调研分析，加强与相关企业的合作，将养殖业推向市场。

第三节　商业

农村的商业和商业活动在形式、规模、经营方式等许多方面都与城镇存在着很大的不同，成为农村社会、经济和农业及农民生活的重要组成部分。农村商业不但是繁荣和促进农村经济的重要途径，而且也能有效分流日益增加的农村剩余劳动力；而商业及商业活动的发展变化，同时深刻反映着社会的变迁，每一个时期的商业活动都是时代的缩影，因此，对农村商业的调查研究，对深入了解和反映农村及农村的历史沿革有着重要意义。就目前情况来看，继丰村较为集中和主要的商业活动包括各类店铺、集市贸易与物资交流等。

一　类型多样的店铺

根据我们对继丰村的调查，截至 2007 年，全村 10 个社的各类主要商业店铺的类型、经营范围及分布等情况如表3－11所示。

表 3－11　全村商业店铺统计

单位：年，元

种 类	店 主	开业时间	经营范围	年收入	备 注
小卖部	张叶生	2000	烟酒副食	3000～4000	4 社
小卖部	李 云	1988	日用百货、烟酒副食	10000～20000	6 社
小卖部	甘小五	2005	烟酒副食	2000～3000	10 社
小卖部	刘楞子	2006	烟酒副食	2000～3000	7 社
小卖部	王治民	2003	烟酒副食	1000～2000	4 社
小卖部	张彦峰	2004	烟酒副食	1000～2000	4 社

没有小卖部的社大都在附近社的小卖部（见图 3－10）买东西，但是社里的商店货物不全，过年过节买东西一般到镇里。

图 3－10　村里小卖部（摄于 2007 年 4 月 8 日）

拥有自动上料的加工厂 2 个，生意很好。如表 3－12 所示。

表 3 – 12   全村自动上料的加工厂统计

单位：年，元

种　类	店　主	开业时间	经营范围	年收入	备　注
加工厂	李　林	1985	加工玉米、小麦，碾米、加糕米	20000 ~ 30000	6 社
加工厂	孟治民	1986	加工玉米、小麦，碾米、加糕米	5000 ~ 6000	4 社

　　另外小型的加工厂还有 5 家，采用的还是旧设备，顾客很少。全村有小型铁匠铺 5 个，如表 3 – 13 所示。

表 3 – 13   全村铁匠铺统计

单位：年，元

种　类	店　主	开业时间	经营范围	年收入	备　注
铁匠铺	王有珍	2000	制造小型农具，如铲、锄、耧；农具维修	800 ~ 900	1 社
铁匠铺	马孝义	1980	制造小型农具，如铲、锄、耧；农具维修	6000 ~ 7000	4 社
铁匠铺	白忠兴	1994	制造小型农具，如铲、锄、耧；农具维修	3000 ~ 4000	4 社
铁匠铺	李　前	1991	修理小型农具	5000 ~ 6000	6 社
铁匠铺	王育红	1997	修理小型农具	4000 ~ 5000	8 社

　　脱水蔬菜厂有 2 个，如表 3 – 14 所示。

表 3 – 14   脱水蔬菜厂统计

种　类	地　址	负责人
脱水蔬菜厂	继光小学	王虎子、李卉
脱水蔬菜厂	继丰六社奶站	郭河宁

跑运输的主要有 4 家，如表 3 - 15 所示。

表 3 - 15　经营运输户统计

运输形式	车主	路线	备注
客运	刘挨	继丰六社—继丰七社—继丰八社—继丰九社—黄家滩八社—双庙镇—陕坝	六社
客运	白雁龙	继丰四社—继丰三社—继丰五社—黄家滩八社—双庙镇—陕坝—临河	四社
货运	闫占荣	从乌海运送矿石、铁粉到天津	四社
货运	孟治家	从乌海运送矿石、铁粉到天津	四社

继丰村因为离镇较远，地理位置较偏，很少有外来流动人口，也没有饭店。

继丰村和本地的其他大多数地方相似，由于历史的原因，村民居住比较分散，形成了许多自然村落。现在的继丰村作为一个行政村，由 10 个社组成，而每个社按居住情况一般都有 2~3 个居民点。同时，这里地处偏远，交通不便，消费者主要是本村居民，消费力较弱。因此，各种类型的商业店铺都呈现出分散、小型化的特点。

小卖部（商店）几乎分布在继丰村的每个自然村，共有 6 家。村里所开的小卖部，店面大多是利用家里的简易住房或在房基地上专门建成。开小卖部的村民，一般是家里有多余的劳动力，或利用农闲时间经营。小卖部的经营范围，主要是日常生活用品；个别在人口较为集中的地方开设规模较大的商店，也同时季节性地经营地膜、种子、化肥、农药等生产资料。小卖部的货源，大部分是自己到邻近的陕坝镇、巴彦高勒镇和临河区直接进货，少部分由推销商定期或不定期上门推销。而地膜等生产资料，则基本上是为县、乡级农资公司代销。

党的十一届三中全会以后，继丰村的经济发生了翻天覆地的变化，农民生活水平得到了很大提高。再者由于计划生育政策的实行，人均纯收入快速增长。以前继丰村农民用木匠做家具，如立柜、写字台、书柜、碗柜等。现在大多是买成品家具，成品家具虽然价格高，但是款式新颖、美观。以前继丰村人的穿着不讲究，尤其继丰村人孩子多，一件衣服一般都是老大穿完老二穿，老二穿完老三穿。现在经济条件好了，人们都到镇里或陕坝买成品衣，衣着跟城里没有什么区别。继丰村10个自然村现在总共有2个木匠，继丰五社和继丰一社各一，活计很少，主要做小车、门、少量家具、装潢等；裁缝已经没有了，许多以前学过裁缝的人，现在只是在自己家里干些裁缝活，已不能再把做裁缝当做一种职业。

继丰村的加工厂对村民来讲作用很大，一是可以就近解决粮食加工的问题，二是这里的面粉货真价实。继丰村人一般不拿粮食换面粉或玉米面，而是直接去加工厂加工粮食。继丰村有优质的粮食，又有先进的加工方法，加工出来的面粉质量非常好。继丰七社的张忠，1977年考入内蒙古师范大学政教系，1987年任阿盟公安处处长，1992年任乌海市检察院检察长，现已退休。张忠退休后自己买了车，总是忘不了故乡，继丰村离乌海只有300里路，又有高速公路，开车1个多小时就能到达，张忠没事就来这里转转看看。2007年他买了杨科理的300斤麦子，到六社李林的加工厂加工，把面粉带回乌海分给自己的三个孩子，新鲜优质的巴盟面粉自然备受青睐。小麦每斤加工费0.04元，玉米每斤加工费0.015元。继丰村李林和孟治民的加工厂都采用先进的自动上料设备，把粮食倒入加料口，其他一切工序都由机器自动操作完成，以前加工大多是男人干的重活，现在变得很轻松了。

关于这些店铺经营中的收支情况，特别是收入情况，一是因为进货次数多且分散，不少店主没有记账的习惯或账目不规范、不清楚；二是因为店主往往有所顾忌，不愿意配合调查并说出详细真实的情况，因此成为调查的难点，也使一部分的调查几乎成了盲点。就对经营类型、范围、规模等都比较相近的小卖部的调查结果来看，投资与收入的数目也有很大的出入。根据所掌握的调查数据来看，大致的情况是：小卖部一年的收入一般为 2000 ~ 5000 元，服务型及兼营型店铺一年的收入一般在 4000 ~ 12000 元，只有少数在这一范围之外。就这些店铺的经营目的和效果来看，基本上作为副业而存在，经营的收入主要是作为农业、养殖业的补充，占家庭全年总收入的比重较小，一般在 1/10 ~ 1/3。

村中各店铺的具体营业情况，虽然存在着一些差别，但大致情况相似，营业的时间和销售的淡旺季受农闲与农忙的时节和四季变化的影响明显，表现出与农业生产大致协调的特点：通常情况下每天开门营业的时间，大概从 7 时至 21 时左右；农忙时（农历三至六月份的春耕时期和农历九至十月份的秋收时期）或整天不营业，或利用收工以后晚上的时间短暂营业；农闲时（农历七至八月份的夏闲时期和农历十一月 ~ 次年二月份的冬闲时期）一般比较正规，整天营业。过年过节和农闲时为日常生活用品、烟酒副食等服务性经营的销售旺季，而农资等的经营却进入淡季；农忙时为种子、地膜等农资的销售旺季，也是农机修理等的黄金时间。

这些店铺在经营过程中也经常会遇到一些困难和麻烦，其中最为普遍的是赊欠。由于这里村民的收入主要来源于农业，而农业收入又有明显的季节性，所以在收入取得之前的很长一段时间，不少村民的许多消费都有赊欠的现象，往往导致这些店铺资金周转困难。另外，由于信用社每年提供的贷款数额有限制且又集中在春季，并且主要还得投入到农业生产方面，加上村民的赊欠，所以缺乏资金也成为维持店铺经营和扩大发展的一个重要障碍。同时，最近几年乡村公路建设速度加快，城乡之间的联系越来越紧密，人们利用农闲和年节进城购物渐趋普遍，农村消费向周边城镇市场转移日益明显，使得农村消费市场不断萎缩。而其他如缺少通畅便捷的进货渠道等，也是影响这些商业店铺发展的原因。

通过对继丰村店铺经营者和一些知情人的调查采访，我们了解到，继丰村商业店铺的兴起和发展主要是在 20 世纪 90 年代以后。在此之前，农村的商业比较落后，主要的零售渠道是在"人民公社"时期计划经济条件下几乎分布在每个生产大队的供销社（全称供销合作社，属于群众集资入股、国家扶持的集体经济实体）、国营商业的代销店以及偶尔游走于乡村的挑担货郎。进入 20 世纪 90 年代后，随着经济体制改革的不断深入、农村经济的迅速发展和农民消费需求的不断增长，以及市场的开放、市场观念的逐渐深入人心和市场的活跃繁荣，个体经营的各种类型的商业店铺开始出现，并逐步取代了原来属于集体经济的供销社（部分供销社被私人承包或收购）和属于国营商业的代销店，最终打破了国营和集体商业一统农村市场的格局。就大体的发展态势来看，20世纪90年代商业店铺的发展平稳且缓慢，进入21世纪后，发展速度明显加快。村里也出现了经商比较成功的人家。

[典型案例1] 李志平四个儿子的经商经

李志平家是继丰村最早的住户之一，早在民国时李家人就来此地居住。李家是个大家族，李志平叔伯弟兄17人，李志平排行第8。李志平是个热心人，别人家有什么大事小情的他都热心地帮忙，在亲戚邻居中有很高威信。他家的生意往往能在竞争中取胜，和他良好的人缘不无关系。李志平的大儿子李国国，1988年在原继光大队部开了小卖部，是继丰村最大的小卖部，生意一直很红火。2006年李国国因病突然去世，现在由其儿子李云继承父业，李云的小卖部主要经营日用百货、烟酒副食，年收入1万~2万元。二儿子李林，1985年办起了加工厂，是继丰村规模最大的加工厂，采用先进自动上料设备，继丰六社、继丰七社、继丰八社、继丰九社的村民都在这里加工面粉。主要加工玉米、小麦，还碾米、加糕米，年收入2万~3万元。三儿子李前，1991年办起了铁匠铺，主要修理一些小型农具，年收入5000~6000元。四儿子李铁现在可称得上是继丰村的收购大户，每年从继丰村收购葵花、粮食、麸皮等销往外地，每年收购量在100万斤以上。除了收购粮食外，李铁还往村里卖煤，最近他又花了16万元将废弃的黄家滩小学买下，作为货场，准备大干一番。继丰六社李志雄的妻子戏谑地说："每年挣些钱都送到他八爹家了。"

[典型案例2]

王义兵是继丰九社的上一任社长，继丰九社人均耕地3.2亩，王义兵一家三口加上父亲总共四个人不到13亩地，每年地里平均纯收入 16000~17000 元，2005 年，王义兵花了 4 万元买了一辆红色夏利车，趁农闲跑运输，平时只要有农闲他就跑车，等地里没活后就整天跑运输，他主要去周边村子、周边乡镇、陕坝、临河等地，刚买上车，跑车的收入非常可观，每年有 15000 元左右的收入，现在私家车多了，跑车的也多了，每年收入 7000~8000 元。但总的来说也还不错，自己用车也很方便。

二　集市贸易与物资交流

集市贸易与物资交流有着悠久的历史，是农村商业活动的重要形式和渠道，对于繁荣农村经济、搞活农村市场有着不可低估的作用。

新中国成立前，继丰村所在的杭锦后旗的集市贸易，除集镇集市外，许多零散集市往往借助教会祭祀、庙会、民间文体活动等进行交易。如于每年农历五月十三日举行的闻名河套地区的"双脑包庙会"（原来太阳庙乡的双脑包村，今与继丰村同属双庙镇），除祭祀外，还举办多种文体活动（如当时的"郭能理皮影戏班"就曾红火一时），而各地商人和附近农牧民都纷纷前来赶会（同时也是赶集），场面盛大而热闹，生意兴隆。另外，还有如举办于每年农历五月四日的"查干脑包庙会"（今查干乡繁荣村）、"勾心脑包庙会"（今四支乡蒙汉村）等。这些独特的、临时性的庙会兼集市贸易活动，就形成了集市市场。赶会的小商贩用日杂百货与农牧民进行物物交易，买卖灵活，各得其所。而当时杭锦后旗境内最大、最繁华的集贸市场在园子渠口（今属陕坝镇）。开辟于清朝末年的园子渠口，是当时陕坝进出船只的终点站，水运航线东至包头，西达石嘴山，是得天独厚的水陆码头。每年这里最繁华的时节是夏秋两季。特别是每年农历的七月十五，白天唱戏，晚上放河灯，场景极为热闹而壮观。以这一天为核心的一段时间，这里就成为一年一度的大型物资交流市场，除固定的饭馆、商店、车马店外，各地大小商贩云集，纷纷摆摊设点，五金百货、糖茶烟酒、干货小吃、粮食蔬菜以及牛、马、驴、骡、羊等货物品种齐全，琳琅满目。

1950 年后，本地区的集市贸易主要是以自由市场的经营形式来实现的。其中第一个五年计划初期，由于购买力较低，农村没有固定的集贸市场。1956 年，国务院发布实施了放宽农村市场管理问题的指示后，农民自己的农副产品开始进入自由市场，但具有临时性、季节性的特点。到 1958 年，随着"人民公社化"的进一步发展和"共产风"的盛行，农民自留地取消，家庭小副业停止，自由市场消失。到第二个五年计划后期的 1962 年，随着"调整、巩固、充实、提高"政策的贯彻实施，重新出现了小商、小贩和农民对农副产品的自产、自销活动，自由市场得到初步恢复，公社（乡、镇）人口集中地区产生了小型农贸市场，并出现了夏秋物资交流大会。交流会一般为 1～3 天，国营、合作商店在交流会场开设临时店铺，农民的农副产品大量上市，小商、小贩也纷纷前来摆摊设点，一时间各色大小摊点密布，吆喝叫卖之声不绝于耳，交易的商品种类繁多齐全，出现了购销两旺的兴盛局面。随着 1964 年社会主义教育运动的开展，集贸市场又开始萎缩。到 1966 年"文化大革命"的爆发，彻底取缔了集市贸易，自由市场基本关闭。然而转入"地下"的小商贩们的经营活动却"管而不止，杀而不死"，一直延续到"文化大革命"结束。

1978 年以后，随着积极疏通流通渠道、大力发展国营商业、发展和扶持个体商业等一系列政策措施的贯彻执行，重新开放了集市贸易，自由市场的规模开始扩大，农村物资交流大会得以恢复，以乡镇所在地为中心的农贸市场如雨后春笋般纷纷形成，经营商品种类繁多、生意兴隆，市场呈现一片繁荣景象，且发展势头强劲。一些较大的集镇逐渐形成定点集市。此后，特别是从 20 世纪 90 年代至今，随着农村经济的深入持续发展和市场的逐渐成熟，尤其是随着社会主义市场经济体制的确立和完善，集贸市场的数量不断增加，规模进一步扩大，经营品种日益繁多，经营方式更加灵活多样，市场管理和经营逐步走向规范化和科学化。物资交流大会不但每年定期举行，而且扩展到了几乎每一个乡镇所在地，甚至其影响波及城市。周边的临河、陕坝等城镇每年的夏秋季都要举办物资交流大会，磴口则每年在"华莱士"上市时举办类似于物资交流大会的"华莱士节"。这些交流会都以"文化搭台，经济唱戏"为宗旨，共同推动了本地区经济文化的繁荣发展。

双庙镇交流会现在仍是继丰村人的盛会。双庙镇每年举办两次交流会，都在秋季举办。8 月 18～28 日前后一次，10 月 1～10 日前后一次，每次 10 天。进入 21 世纪以来，交流会的节目也有所变化，据村民张竹花讲，有八九年不唱大戏（即晋剧）了，现在改成了"二人台"，有山西"二人台"，也有巴盟地区的"二人台"。年轻人喜欢看"大棚"，即乐队的演出，有音乐，也有舞蹈。交流会上看戏的很少，主要是去转转看看，买点家里需要的东西。现在交流会都实行承包制，这几年交流会由双庙镇人付登天承包，承包人给乡里出钱，然后由承包人对地摊定价、收费。村民平时的娱乐活动主要就是看电视，对于交流会人们还是很感兴趣的，即使什么也不买，也要去转转。继丰村虽然离双庙镇比较远，但这丝毫不影响他们参与交流会的热情。有的村民将自己家栽种的果子、西瓜、葵花、籽瓜、番茄等拉到交流会去卖，也有的把自家的骡、马拉到交流会去卖。交流会的商铺很多，有饭馆、酿皮馆、照相馆、水果摊、冷饮摊、衣服摊、布料摊等，品种齐全，琳琅满目。这些地摊摊主有的是本镇人，也有巴彦淖尔市其他地方的人，很多地摊摊主都是一年四季跟着交流会跑。双庙镇的交流会规模比较大，从双庙镇的主街道向东西延伸有 1 华里多。有时承包人为使参加交流会的人增多，把全乡的电关了，人们不能看电视只好到交流会，现在乡政府出面，不让承包人这么做了。赶交流会的人多数是骑摩托车，上点年纪的人要坐驴车去，少数骑自行车。以前看交流会人们都要带上瓜子、豆子、馍馍之类，现在没有带干粮的，人们想吃什么就买什么。

　　村民李铮讲，现在政策好，人们的文化生活比以前丰富多了，"刚解放，没红火（方言，即热闹），就是埋死人也有人十几里地追着去看"。

第四章　社会生活

第一节　婚姻

一　婚姻类型

　　继丰村是一个典型的纯汉族聚居的行政村，全村 2115 口人，包括从甘肃、宁夏、四川等地娶回的 80 个媳妇，全部是汉族。汉族社会的婚姻类型，可分为嫁娶婚、童养媳婚、招赘婚三种。继丰村婚姻类型比较单一，绝大多数是嫁娶婚，也有个别招赘婚，没有童养媳婚。在调查的 53 对夫妻中，有 52 对嫁娶婚，只有一对是招赘婚。在继丰村人的眼里，不管什么年龄段的人结婚，也不管是初婚还是再婚，女性从男性居住才是"正理"。但也有例外。个案：继丰七社村民朱存秀，汉族，现年 60 岁，甘肃省民勤县人，小学文化。1978 年，朱存秀的第一任丈夫丁江连因公出车祸去世，留下三个儿子和一个女儿，大儿子丁毓兵小时候打针出了医疗事故，得了小儿麻痹症，而其他孩子还小，朱存秀生活压力非常大。1985 年，第二任丈夫马进财与朱存秀结婚，马进财也是二婚，但没有小孩，各方面条件都很好，人也实在，为了照顾这一大家子，将户口迁到继丰七社，从女方居住，当地人称这种婚姻形式为"招父养子"，"招父养子"也应该属于招赘婚。"倒插门"女婿当地叫"招女婿"，也叫"招婿养老"，一般没有儿子的人家才"招女婿"。在继丰村没有"招女婿"的。人们都认为若是孝敬，在哪儿都孝敬，若不孝敬住在一起也不管用。与"招婿养老"相比，"招父养子"更容易被人们理解和接受。

二　通婚范围

20 世纪 90 年代以前，继丰村人通婚范围很小，主要是在本村通婚，或是在本乡（即召庙乡）的总光村、明光村、团结村、尖子地村、二支村，大树湾乡的先进村，太阳庙乡的太荣村、太华村，四坝乡的查干村、金堂庙村等邻近村子之间通婚，范围一般不超过 50 公里。再者，村里自身条件不好或者家庭经济困难的人，历来有找外地媳妇的传统。在本地不好找媳妇，与来自四川、甘肃、宁夏、陕西等地的女子结婚。总之，这一时期，年轻人交往范围很有限，婚姻形式以媒人介绍为主。

20 世纪 90 年代以后，在农村城市化进程中，出去打工的人越来越多，对婚姻产生了地域性影响。村里年轻人的婚恋大致分为四类：第一类是在村子里生活的年轻人的婚姻，他们大多与本村、邻村或双庙镇其他村的人通婚。生活在继丰村的人，也能接受自由恋爱，但由于交往范围所限，因此男女相识还是以媒人介绍为主。第二类就是本村外出打工的年轻人的婚姻。农村城市化进程极大地影响了村里人的择偶方式和择偶范围，在这一进程中，年轻人的婚恋也呈现出了前所未有的特点。继丰村人多地少，平均每人有耕地 3.45 亩，随着农民视野的开阔，逐渐尝试着外

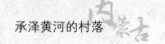

出打工补贴家用。出去打工的人主要到附近的临河、陕坝、乌海、包头、鄂尔多斯、呼和浩特等城市打工，如继丰四社，几乎没有年轻人待在村里。年轻人交往范围越来越广，择偶的范围也相应地扩大，通婚范围由本村、邻近村子、双庙镇扩大到陕坝、临河、乌海、鄂尔多斯、呼和浩特等地，有些婚姻甚至跨省。如继丰七社的张芳，现年40岁，1990年到天津打工，张芳学过裁缝，到了天津也干老本行，认识了同是裁缝的江苏小伙子，后来两人相爱结了婚，一起到江苏打工；2004年，张芳又将外甥女李长荣带到江苏的一家工厂打工，李长荣和一江苏青年相识，也嫁到了那边，她们都是自由恋爱的婚姻。村里的很多年轻人在外面有了合适的对象，随之结婚、成家，就在城市靠打工生活，过年过节回来看望父母。因此，20世纪90年代以后，在外出打工的人中，婚姻形式主要是自由恋爱。虽然父母也会提建议，但最终仍要尊重本人意愿。第三类就是本村"条件不好的人"的婚姻，他们仍然在找外地媳妇。据课题组统计，继丰村外来媳妇有80人，她们的到来对本村产生了很大的影响，生活方式也因她们的到来有很大改变，民情风俗也无不体现不同地区文化的融合。第四类是在外求学的读书人的婚姻，他们的视野开阔，通婚范围就更大了。

三　婚配条件

新中国成立前，婚配过程充满迷信色彩，男女双方必须属相相配、八字相合。有所谓"白马躲青牛、老鼠必定啃羊头、龙兔相斗无休止、金鸡见猴泪常流、老虎常怕蛇钻口、猪狗相斗一旦休"等一套相克之说，如男女双方属相不合，则不能结婚。另外还有犯月之说，即"正蛇、二鼠、三牛、四虎、五兔、六狗、七猪、八马、九羊、十猴、十一鸡、十二龙"，男女双方属相如在这个月所生即谓"犯月"，也是找对象的一大禁忌。新中国成立前的这些婚配观念对现代人的影响已经很小了。上了年纪的人比较讲究属相、八字，年轻人却看得很淡，有的甚至不知有此讲究。

现在继丰村人的婚配条件主要有：（1）讲究门当户对：继丰村人认为，男女双方形象、家庭、学历等条件相当，才比较容易获得幸福。（2）本人同意：新中国成立前，都是"父母之命，媒妁之言"。婚姻大事个人没有决定的权利。现在婚姻主要是自己说了算，父母的意见仅仅是个参考。（3）新中国成立前男女婚配必须属相相配、八字相合的观念现在影响很小。

四　婚姻成立

继丰村人结婚先领结婚证，但光领结婚证还不行，一般都要大操大办，传统上，本村人们把结婚典礼看做是头等大事，只有举行了结婚典礼，新人才被认为成为合法夫妻了。

五　离婚与再婚

根据入户调查统计，在被调查的 53 对夫妇中，离婚和再婚的只占到婚姻总数的 4% 和 8%，离婚和再婚率都较低。继丰村人一般不离婚，除非婚姻质量特别差。但对离婚和再婚人们也持一种比较理解和宽容的态度。继丰七社的马忠厚离婚，又娶了继丰六社的"李国国媳妇"（2006 年李国国突然因病去世），人们也接受了，没有受到太多的责难。和离婚比起来，再婚者较多。绝大多数再婚者都是因为丧偶所致。中年人丧偶再娶被人们认为"理所应当"。如朱继云，1990年经人介绍与来自四川的22岁的姑娘杨青慧结婚，1991年秋女儿朱娜出生。由于杨青慧年龄小，父母不在身边，朱继云又幼年丧母，也不大懂得保养，再加上生活条件差等原因，导致杨青慧产后没有护理好，身体越来越差，1994年经查得了"产后风"，浑身关节痛，朱继云带着她看遍了杭锦后旗和临河的各大医院，花了4万多元，还是不见好；之后杨青慧又得了肝病、心脏病，最后一次犯病很厉害，杨青慧说自己不行了，朱继云赶紧把她送到杭锦后旗医院，做了CT，大夫说已经脑积水，没几天就去世了，遗体直接在陕坝火化。2003年，朱继云经人介绍与刘巧玲再婚，刘巧玲带着前婚的女儿郝晴。现在朱娜和郝晴都16岁，都在召庙中学上学，朱继云说俩孩子学习都挺好的，就是经常有矛盾，这一点让朱继云非常头疼。对老年人再婚村里人持比较理解的态度，但老年再婚者所遇到的困难也比较大。继丰村人认为，一般来说，老年人如果衣食无忧、儿女孝敬、供养足，一般不会再婚，其家庭关系更容易融洽，也更容易得到尊重。继丰村的高某某老人，丈夫50多岁就得肺气肿去世了，三个女儿均已出嫁，两个儿子也都成了家。高某某经济条件不太好，经人介绍，与继丰村另一位老人共同生活。这位老人有个加工厂，经济收入还不错，与高某某也能合得来，但时间长了，他的儿媳妇有意见了，认为这位老人挣钱给高某某花，影响了他们的收入，于是百般给高某某老人难堪。最后这位老人不得不与高某某分道扬镳，高某某老人现在提起这件事仍很痛心。

六 婚姻禁忌

（一）忌讳近亲结婚

巴彦淖尔地区一般讲究"五服之内不结婚"，继丰村也是如此。"五服"指高祖父、曾祖父、祖父、父亲、自身五代，河套地区常用"出没出五服"表示家族关系的远近。等到了第六代，血缘关系就很远了。解放初，继丰村有近亲结婚的，结果造成下一代身体残缺，如兔唇、倒经、闭经、不能生育等。沉痛的教训使人们认识到近亲结婚的危害，现在继丰村人没有一例是近亲结婚的。

（二）忌讳不同辈分的远亲结婚

一般来说，讲究辈分主要是在有血缘关系的远亲中，如无血缘关系，也不是特别讲究。

七 婚姻观念

关于婚姻观念的问题我们分别对三个年龄段的人进行了访谈，其中王玉英老人现年72岁，李润林现年46岁，李长慧现年30岁。通过访谈我们得知，新中国成立前，由于婚姻没有法律保护，存在着许多家庭悲剧。男女双方结婚都是"父母之命，媒妁之言"，没有什么感情基础，再加上"男尊女卑"的传统观念，女性备受压迫，没有自由。那时人们结婚的目的就是有一个完整的家，传宗接代，让父母放心。人们对婚姻的要求也比较低，只要是正常人，能一起过日子就行了。有些男女洞房花烛夜才第一次见面，彼此不怎么了解，更谈不上有什么感情。那时人们认为离婚是件很丢脸的事，只有极个别的人会选择离婚，多数人为了孩子会痛苦地凑合一辈子。新中国成立后，国家颁布了婚姻法，男女婚姻自由，受到法律保护。1980 年 6 月，国家颁布了新的婚姻法，强调男女平等。人们对婚姻的观念发生了很大变化，结婚不再是简单的"找一个伴儿过日子"，而是更加强调彼此有共同语言，能互相欣赏，感情的成分多了。婚姻考虑的也主要是本人的感受，因感情不和而离婚、再嫁等也能被整个社会所理解。

第二节　家庭

一　家庭结构和规模

据村里老人王玉英讲，新中国成立前，继丰村的家庭绝大多数是三世同堂，有的是四世同堂。人们都生活在一个大家庭中。比如一家有几个儿子，儿子们结婚后也都和老人住在一起，当时人们在观念上崇尚"大户门"，认为大家都能在一起生活才是好人家，如有人提出分家则会被别人笑话。当时的家庭规模比现在要大得多，据村中一些老年人估计，20 世纪 40 年代，继丰村家庭平均人口数应该在 8 口人以上。

费孝通先生把家庭分为四种：（1）残缺或不完整家庭，即核心家庭中的原有配偶中的一方死去或离去，或者父母双亡的未婚子女，通称为残缺家庭或单身家庭。（2）核心家庭，即包括一对夫妇及其未婚子女，通常称作"小家庭"。（3）主干家庭，指核心家庭之外又包括不同辈的核心家庭，即重叠多核心家庭。（4）联合家庭，指婚后兄弟姐妹不分家而构成的同胞多核心家庭，包括健在的父母，这类家庭称为"大家庭"。

按照这个分法，课题组对继丰村 53 个家庭的结构做了调查，如表 4 - 1 所示。

表 4 - 1　继丰村 53 个家庭结构调查

单位:%

指标＼家庭类型	残缺或不完整家庭	核心家庭	主干家庭	联合家庭	总　计
家庭数	4	37	12	0	53
比　率	7.54	69.81	22.64	0	100

从表 4 - 1 我们可以看出，现在继丰村绝大多数家庭是核心家庭，占到 69.81%，其次是主干家庭，占到 22.64%。20 世纪 80 年代结婚的父母，一般有两个孩子，是四口之家；20 世纪 90 年代结婚的父母一般有一个孩子，是三口之家。父母双亲都健在的情况下，其子女绝大多数选择单过的核心家庭模式；如果只剩一个老人，则有的和子女一起过，有的单过。在调查中我们没有发现一个联合家庭。现在继丰村家庭平均人口为 3.5 人。

通过比较得知，继丰村人现在的家庭结构和家庭规模与新中国成立前比较起来有很大的变化，具体讲主要有以下几点：

第一，现在的家庭规模变小，人口也少了，虽然也有三代人一起生活的人家，但两代人生活的家庭占了绝大多数。变化的主要原因有：（1）人们的观念转变了。新中国成立前的家庭大多是好几代人生活在一起，尤其一家有好几个儿子的，娶媳妇后，家庭关系复杂了，很容易产生矛盾。分开过，一则减少了矛盾，二则小辈也能得到锻炼，多劳多得，分配上也更加合理。现在人们的观念变了，分家不再被人笑话，反而被认为是自然而然的事情。人们都认为，分开过，"谁也省心"，婆媳、妯娌也能更好地相处了。(2)生活、生产条件提高了。新中国成立前，物资相当匮乏，生活水平低下。一家仅仅有几间住房，生活用具很有限，生产工具更是缺乏，尤其是畜力。现在继丰村人的生活条件大大提高了，家家婆媳妇都要盖新房，住房宽敞了。另外，种田已经不用畜力，家家都有四轮车和小型农机具，机械化程度较高，因此，生活条件的提高和生产工具的改善也是家庭日趋小型化的一个很重要的原因。

第二，妇女在家庭中的地位提高了。新中国成立后，"男尊女卑"的旧思想已被"男女平等"所取代。妇女在家庭中的地位发生了根本的变化。多数家庭的女子与男子共同劳动、共同创业，共同操持家务。在养育子女方面，妇女掌握着更多的支配权。在继丰村，夫妻关系是很平等的。尤其是1981年继丰村实行土地联产承包责任制以来，多数家庭是"男人当队长，女人管财务"，女人掌握着日常经济支配权。在处理家庭大事方面，妻子有绝对发言权，而且很多时候起决定作用。男女在家庭中地位的平等当然也是社会进步的一个表现。

二 家庭角色分工

新中国成立前的家庭和现在的家庭比起来，家庭的角色分工也出现了很大的不同。

新中国成立前的家庭大多是联合家庭，一般家庭由男性长辈中最能干的一个人当家主事；女性则承担家庭的

"内务"，对重大事情的决定拥有较小的权利。而现代家庭多是核心家庭，父母和孩子生活在一起，再加上女性地位的提高，家里的大事一般由夫妻双方平等协商，如果孩子已经成年，一家人会坐在一起民主地讨论问题。传统的"男主外，女主内"的状况有了很大改变。另外，男女分工也有所不同，比如力气活，男人干得比较多，淌水、修路等活一般都是男人干。女人主要干力量要求小的活，家里洗衣做饭之类的事多由女人承担。一般农活都是两人互助，没有太明确的分工。在家里的地位，一般是谁能力强谁就更有权威。

三　分家及财产继承

一般来讲，继丰村人到中年以后，是生活压力最大的时候。上要孝敬老人，下要培养孩子。孩子长大成人，做父母的要为子女操办婚事，帮着子女成家立业。20 世纪 50 年代继丰村人结婚费用一般只需 300～500 元；20 世纪 60～70 年代一般需要 700～800 元；20 世纪 80 年代以后，结婚费用一般需 4000～5000 元。据调查，现在继丰村人的生活水平提高了，儿子结婚一般要盖新房子，盖房子的费用一般需 6 万～7 万元，加上结婚费用总共得 10 万元。等孩子结婚后，父母的积蓄也几近耗尽。

绝大多数人家娶了媳妇就要分家。父母老了，一般跟小儿子一起生活，由小儿子帮着种地，用种地的收入供养老人。分家只给儿子分，一般不考虑女儿，如果没有儿子，一般是女儿们平均分配。分家一般要分地、分房子和农机具、炊具等。

如柴尔智家，柴尔智四个孩子有三个在外工作，只有小儿子柴绍荣在身边。老两口和柴绍荣分家，老人只留下一间正房，其他都给了儿子，老人自己集资在正房外加盖了一间作为厨房。农机具都分给了儿子，重体力活由儿子帮着干。在继丰村就是这样，分家时老人都是将财产尽可能多地分给孩子。

娶了媳妇分了家，老人的积蓄基本就花完了，在继丰村"富小子，穷老子"是普遍现象。继丰村的老人失去劳动能力之后，赖以生存的只有3亩多地，他们的地一般由自己的孩子耕种，收入非常有限，因此老人的生活只能维持在一个较低的水平上。

老人最大的遗产就是土地。老人去世后，遗产的继承听从老人生前的决定。一般都由儿子或者经济条件较差的子女继承。

四 家族关系

在课题组对村民的访谈中，虽然对家族先辈初来继丰村的情况说不出多少，但是大多数人对村里的家族谱系都非常清楚。一个家族，在别人眼里就是一个共同体。年轻人找对象，人们对家族的看法也往往影响对一个人的看法。比如继丰村的李家是个大家族，在继丰村中有非常好的声誉。民国初年，李荣和其叔父从宁夏平罗来到河套平原，选择继丰村住下。李荣弟兄六人，他排行老大，在家当家。李荣勤劳能干又有头脑，日子逐渐好起来，李荣在信义昌盖了房，分给五弟、六弟，自己又来土召湾建了房。现在分别属于继丰六社和继丰七社。在这里，按本家先辈兄弟的排序来分为大门、二门等。李荣兄弟六人，自然分六门，李荣这一支是大门。三门、四门无后，大门、二门、五门、六门共有17个儿子，17个儿子又生了76个孩子，其中男

43人，女33人。大家族的人平时联系并不是很紧密，各过各的，只有过年过节或有事宴，大家才聚到一起。但这丝毫不影响亲戚之间的沟通。这弟兄17人，他们的名字都是家谱里排好的，"忠孝仁爱、信义和平、勤俭成功、宽亮雄刚强"，即李志忠排行老大、李志孝排行老二，依次类推。这17个弟兄特别团结，每逢过年，在城里工作的和在外做生意的弟兄，都赶回来了，弟兄17人相约到各自家里吃饭、划拳、喝酒、聊天，这也是他们辛苦一年后最快乐的时光。其他时候有事也是共同商定，一般都是老五李志信、老八李志平组织。如规定年三十、清明节都要上坟给亡人烧纸。谁家有什么事，家族里的人都会热心地帮忙。李家确实是一个大家族。2006年，李荣的六弟媳，李家老一代中的最后一位老寿星乔翠翠去世，享年90岁，出殡那天，送葬的人绵延好几里，场面非常壮观。

五　家庭里的称谓

继丰村的人在家庭里的称谓主要有如下几种：

父亲：村里的民勤人、山西人管父亲叫"大"，宁夏人管父亲叫"爹"，20世纪80年代以后出生的孩子都管父亲叫"爸爸"。

母亲：宁夏人管母亲叫"妈"，民勤人管母亲叫"妈妈"。

继父：多数叫"叔叔"，也有叫"大大"或者"爸爸"的。

继母：多数叫"姨姨"，也有叫"妈"或者"妈妈"的。

祖父：爷爷。

祖母：奶奶、娘娘。

外祖父：姥爷。

外祖母：姥娘。

伯父、叔父：叔老子，见面时以排行大小叫"爹爹"，如三爹、六爹等。

伯母、叔母：婶娘，见面时以排行大小称"妈"，如三妈、六妈、十七妈等。

岳父：对外称"外父"，见面时称"姨父"或随妻称呼。

岳母：对外称"外母"，见面时称"姨姨"或随妻称呼。

丈夫：对外称呼丈夫时习惯带孩子的名字，如慧慧爸爸，或叫丈夫名字，如建国、李建国。

妻子：对外称呼妻子时习惯带孩子的名字，如慧慧她妈，或叫妻子名字，如竹花、张竹花。有时也称"女人"、"老婆"。

儿子：小子、儿子。

女儿：姑娘、女子、闺女。

儿媳：媳妇或"媳妇子"，如"六六媳妇"。

夫父：公公。

夫母：婆婆。

夫兄：对外称大伯子。

夫姐：大姑子。

夫弟：小叔子。

夫弟媳："兄弟家"。

夫妹：小姑子。

妻兄：大舅子。

妻弟：小舅子。

妻妹：小姨子。

妻之姐、妹的丈夫：与其互称连襟、挑担。

第三节　日常生活

一　服饰

（一）服饰的类型

据课题组调查：新中国成立前，由于继丰村生活条件较差，加之依偎于乌兰布和沙漠边缘，冬季气候干燥、寒冷。为了御寒，男子多穿羊皮缝制的皮袄、皮裤，因没有外罩，本地称之为"白茬子"皮袄、皮裤。有条件的人，在皮袄或皮裤外罩一层粗布，称为"吊面子袄"或"吊面子裤"。穷人还穿毡做的裤子，外面也吊面子。当时继丰村人还戴皮、毛制的帽子，穿毡子制成的鞋，俗称"棉帽"、"毡帽"（一般是黑色）和"毛嘎蹬"。由于继丰村紧邻乌兰布和沙漠，早寒风劲，为了防止腰间串风受寒，男女都习惯穿皮坎肩和棉坎肩，俗称"腰子"，"腰子"有"棉腰子"和"夹腰子"之分，冬天穿"棉腰子"，春秋穿"夹腰子"。吊面子用的是粗布。新中国成立前继丰村的有钱人种棉花，雇人织老布，用搅棉花机把棉花子去掉，用弓弹好，滚成捻子，用纺车纺成线，再用织布机将线织成布。接着就是染色了，继丰村人染布用的是纯天然原料：用黑葵花子熬出颜色，然后把布放进去煮，染成黑色；用棉花花熬汤将布染成黄绿色；用"紫谷子"熬汤将布染成紫色。

为了好看，人们穿绿色裤子一般要配黑色上衣。穷人也穿粗布衣，他们用粮食换有钱人家的粗布，因粮食很少，所以穷人也很少有新衣服。富贵人家穿市布（也是棉布，从外地运回来的，要比粗布细）或线哔叽（当时称"洋布"）等，也有的穿绸缎衣服。据村里老年人讲，新中国成立之前，有的穷人冬天还盖皮被子；夏天好过，盖点衣物就可以睡觉了。

　　夏秋季，人们大多穿起了粗布衣，生活拮据的人家，到天热之时，将皮袄或皮裤皮板上的毛刮掉，成光皮板，当做夏衣穿用。还有的在冬天"毛朝里当棉衣"，夏天"毛朝外做夏衣"。俗曰："冬天铺，夏天盖，冬天毛朝里，天阴下雨毛朝外"，这也是继丰村人新中国成立前贫苦生活的写照。继丰村的妇女在春、夏、秋三季习惯围大围巾，脚穿自己手工做的"家做鞋"。做鞋最大的工序是纳鞋底，新中国成立前继丰村人种麻，将麻从麻秆上剥下来搓成细绳，就可以纳鞋底了。为了耐穿，人们还将鞋帮用粗棉线（也称"笨线"）扎纳，俗称"实纳帮子"鞋。式样有"方口、圆口、牛鼻子"等。男人鞋和女人鞋稍有不同，男人不穿没有花的鞋，要穿扣云子（意思就是要在鞋帮上绣上云状图案）。

　　新中国成立初期，穿羊皮袄、皮裤、毛嘎蹬的人逐渐减少，也几乎没有人穿白茬子皮袄、皮裤了。这一时期，继丰村也有个别人织布，但多数买布料。人们普遍时兴穿粗布（俗称"老布"）、花斜纹、线哔叽、海潮蓝。有民谣曰："海潮蓝一身，红裤袋一根，大底鞋一磴，到区公所登记结婚。"

　　图 4 - 1 是李荣一家 1955 年正月初一拍的全家福。照片中男女老幼都穿中式裤（也叫大裆裤），不分前后，可以前后换着穿，裤腰特别宽，系裤带时要打一大褶子。上衣都

穿棉褂子，但款式有所区别，一般人穿大襟棉袄，总共 5 个
扣子（个子高的人钉 7 个扣子），领子上 1 个，肩膀上 1
个，胳膊下面 3 个。当时比较时兴的衣服是制服，女人穿偏
襟制服，男人穿正襟制服，从面料上来看，男的穿黑咔叽，
女人和孩子穿花线哔叽。新婚的女子穿绣花鞋（布鞋上绣
花，麻绳纳的鞋底），女子平时穿黑布鞋，男子穿"实纳帮
子"鞋（冬天是棉"实纳帮子"鞋）和"骆驼峰"鞋。

图 4-1　20 世纪 50 年代老照片（摄于 2007 年 2 月 19 日）

20 世纪 60 年代，衣服面料有所改进，逐渐发展为单面
咔叽和双面咔叽、华达尼等。"白茬子"皮袄、皮裤已完全
被"挂面子"的皮袄、皮裤所代替，式样为西式，统称为
"制服"，"制服"在这一时期普遍兴起。裤子也穿西式裤，
前面小，后面大，前后不能换着穿了，西式裤更随体、美
观。当时还时兴穿"棉卡衣"和"吊面子羔子毛皮袄"，这
两种衣服都上黑色或者棕色栽绒领子。另外，还有制服式

的棉褂子，式样和"四平兜"制服相似。1957 年，继丰村李志义家买了缝纫机，这是继丰村第一台缝纫机。有了缝纫机，人们做衣服、做针线活的效率一下子提高了好几倍。

20 世纪 60 年代末，布料除了咔叽、华达呢、条绒、大绒外，还时兴凡尔丁、尼纶等，颜色一般为黑、蓝、灰。继丰村人穿的最多的是咔叽（咔叽耐穿，因此很受人们欢迎）和花线哔叽，男的穿黑咔叽、蓝咔叽，夏天男女都穿市布（买的机织布，不耐穿）。"文化大革命"期间，曾一度兴穿一身绿，绿裤子、绿褂子、绿军帽。但继丰村的人由于条件所限几乎没有穿的，当时主要的服饰是男的穿"四平五暗（四个兜子在里面，兜盖在外面，五个扣子是暗扣）"；女的穿"小翻领"式上衣。这时，继丰村的人开始在棉袄外加罩子，用花布、"的确良"做，称为"袄罩"。这样，更方便于洗涤。

20 世纪 70 年代，继丰村人逐渐减少穿棉布，趋于穿的确良、涤卡、中纹哔叽，大纹哔叽、棉纶、毛哔叽、"三合一"等布料，质地由低档转换为中高档。这时人们普遍有了缝纫机，衣服一般用缝纫机制作，也有购买成品衣的。人们开始穿毛衣、绒裤、绒衣，都穿西式衣服，也穿实纳鞋。

进入 20 世纪 80 年代，布料颜色增多，衣服式样新颖，年轻人时兴穿喇叭裤（有大喇叭和小喇叭之分）、劳动布衣服、牛仔裤（劳动布时兴过去才出现了牛仔布）、蝙蝠衫等（见图 4 - 2）。1981 年，继丰村实行第一轮土地承包，村民生活水平有了很大提高，衣服比以前更好更多了，继丰村的人都有了四季适宜的衣服。冬天，有棉大衣、呢大衣、风雪衣、各种绒衣、毛衣、线衣、皮夹克、登山服、羽绒

服等。春秋有套服、制服等。人们生活好了，精神面貌也
有了很大改观。

图 4 - 2　20 世纪 80 年代照片（摄于 2007 年 2 月 19 日）

20 世纪 90 年代，人们开始穿羊毛衫、羊绒衫、兔绒
衫、健美裤，面料更加高档。穿衣也更加追求健康、环保、
舒适。人们自己制作的衣服少了，多数买成衣，裁缝几乎
失业。

继丰村全村均汉族，有 80 个外地媳妇，外地媳妇大多
来自甘肃、四川、宁夏，因此，又融入了川、甘、宁等地
的风俗。来自甘肃民勤的人和乌盟人有纳花鞋垫的习惯，
花、鸟、草、虫都是她们的取材对象，用十分鲜艳的彩线
绣出，非常美观。

（二）服饰消费

继丰村的人很讲究穿着，但在这方面花的钱比较少，
我们对 53 户居民进行了入户调查，经过计算，平均每户每

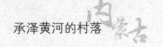

年用于购买服装的钱仅仅有 793 元，占整个家庭消费平均数——10896 元的 1/13。每年只是在过年的时候添置一些衣服，还主要是给孩子添置的。

二 饮食

（一）食物结构和种类

有歌谣曰"黄河两岸都无收，大后套里吃酸粥"，不仅反映了河套得天独厚的自然条件，也反映了河套地区的饮食文化。新中国成立前，继丰村种的粮食作物主要是糜子、黍子。因此，一日三餐，以吃糜米为主。早餐主要吃糜米粥或酸粥，午餐主要是糜米干饭、拌汤，晚餐主要是糜米稀饭。富人也主要吃糜米饭，不同的是他们地多、牲畜多、粮食多，吃的干饭多。有的富人还养猪和羊，生活水平更要好得多。

新中国成立以后，继丰村人的种植结构逐渐发生了变化。小麦种植面积增大，白面、糜米成为巴盟人的主要食物。蔬菜以大白菜和山药为主。农家喜食红腌菜，秋季各家都腌酸白菜，猪肉烩菜是农家秋冬两季的主菜，平时以炒土豆丝、烂腌菜、酸黄瓜、酸蔓菁为主。

20 世纪 80 年代以后，糜米的种植减少，代之以主要农作物小麦和玉米，所以本村的主食也以面食居多。村里好多人都是当年从宁夏、甘肃迁过来的，宁夏、甘肃人吃面食较多，而且面食做得相当讲究，种类也非常丰富。他们可将面做成揪面、擀面、拉面、挽面、拌面、醒揪面、焖面、切面、削面等不同种类，也用面做成馒头、花卷、千层馍、烤馍、烙饼、油饼、油果子、砍三刀、馓子、"月亮爷"等不同种类的面点，有时也做锅贴、蒸饼烩菜等。主食除了面以外，也吃米。继丰村不种水稻，大米都是从外面买。

这里吃的肉食主要是猪肉，几乎家家户户都养猪，冬至前后杀猪，把猪肉腌制起来，放到缸里，继丰村每家都有腌肉的大缸。经过腌制的猪肉一年都不坏。除冬季吃鲜肉外，其他三个季节都要吃腌猪肉，每家每年都要吃几百斤猪肉。

继丰村的人家家都种蔬菜，平均每家种 2~3 分（分，地积，10 厘等于 1 分，10 分等于 1 亩）。每逢夏、秋季节，蔬菜大量上市，吃都吃不完，有些细心的人家就将吃不完的豆角、茄子等晒干，留待冬、春季吃。继丰村人吃饭离不开西红柿（因甘肃、宁夏人多爱吃酸），每年夏天西红柿大量成熟时，村民会把西红柿做酱（当地称为"柿子酱"）储存起来。具体做法是：将西红柿切碎，装在瓶子里蒸，每个瓶盖上都插一个针头，蒸完后用蜡封口，经过这样工序制成的柿子酱放一年都不坏。冬、春季蔬菜品种较少，主要吃存储起来的土豆、白菜和酸白菜。春季青黄不接时经常有一些小商小贩，从三道桥或陕坝将蔬菜贩运到这里，继丰村的人们也买贩到家门口的菜，但村里人比较节俭，这种消费很有限。

(二) 饮食器具

一般家里用的饮食器具都是到商店里买，没有什么特色。自制的器具有盖帘，自家用高粱秆穿制而成（见图 4-3）。挑选较细的、粗细均匀的高粱秆，用针线穿在一起，形成一个大的平面，然后用剪刀剪成圆形，可在上面放饺子等物，也可当锅盖使用。细心的人还将盖帘剪成镂空的图案，特别漂亮。

图 4 – 3　盖帘（摄于 2009 年 6 月 10 日）

（三）风味特产及制作

继丰村的风味特产有酸粥、面点、面食。面点里的油果子、月亮爷，面食里的挽面，还有猪肉烩酸菜应该是最具特色的了。

酸粥、酸饭的做法：将糜米或大米淘净放在灶台上的浆米罐子里，把做米饭的米汤舀到罐子里，让其发酵变酸；做饭时，把罐子里的酸浆倒出，把米下到锅里，依口味把酸浆倒进锅里，将剩下的酸浆倒入浆米罐子中，再加入新鲜米汤，备下次用。浆好的米可做酸粥，也可做酸稀饭和酸面条，其味酸香，余味绵长。酸粥或酸面条一般要就着苦菜、油辣椒吃，有民谣曰"酸粥抹辣子，香死老鞑子"。

油果子的制作：先用黄米发酵做成醋子，把醋子晾干，每次用一块儿来发面就可以了。把醋子用温水泡上，放在温度比较高的地方，把发面盆盖得严严实实的。第二天，醅子发酵后，用温水和醅子将面和好，还是要放在温度比较高的地方，有热炕一般都放在热炕上，温度以 18℃ 左右为宜。等面发了再用面粉和温水与发面兑在一起再发酵，第二次发酵后，面团变得特别轻，柔软多孔，就可以做油果子了。先在发面里放上适量的苏打、少许糖、适量胡麻油、鸡蛋、奶粉，把面揉匀，然后把面用擀面杖擀成厚度为 1 厘米左右的饼，上面放油，也可撒一些香豆粉，然后将面切成长 7~10 厘米、宽 5~7 厘米的长方形面块儿，将面块儿中间纵向切两刀，将面块儿的一头从其中一个切口处翻过来，再拿刀从四周磕一下，让油果子形状规整。将油果子放在较暖的地方，上面盖上被子，继续发，半小时之后就可以炸了，这样，酥脆爽口的油果子就做好了。

月亮爷的制作：中秋节在继丰村是一个非常隆重的节日。这时绝大多数粮食都归了仓，而且在人们的记忆中继丰村几乎年年都是大丰收，因此过中秋节也有"庆丰收，谢月亮"之意。中秋节人们要烙"月亮爷"。月亮爷的制作比较复杂：先将当年的新麦加工成面粉，将面粉发酵，发好的面里再加入鸡蛋、胡麻油，等这些都做好之后，将面做成一个半圆形的面团，在上面抹胡麻油少许，然后拿牙签或将纳鞋底的锥子洗净在面团上面绘制图案，图案种类多种多样，有桂花树、玉兔、牡丹、葡萄等，取"花好月圆"之意。画好图案之后，将面团放入大锅烙，烙月亮爷特别讲究火候，要用文火，一般烧碎麦秸；由于月亮爷上面画有图案，因此，只能从下面加热，因此烙一个月亮爷需要 4 个小时左右。月亮爷和别的面点比起来，个头超大，熟了的月亮爷一般有 7~8 斤重。烙好的月亮爷外面焦黄酥脆，里面虚软多孔，老远就能闻到它的香味，加上上面的图案，简直就是一件艺术品。

挽面的制作：继丰村的孩子过满月，一定要请亲朋好友到家里吃挽面。做挽面，和面是关键。在面里放一点碱面，拌匀。面一定要和得特别硬，一个人擀不动，要两个人用大擀面杖一起压面。把面多次压薄，多次折叠，再多次压薄，如此反复，面就变得特别筋道。然后把面擀开，擀得很厚，切成小指粗细的长面条，然后将玉米面撒在面条上，一人拿着擀面杖，一人将撒了玉米面的面条搭在擀面杖上，用手一遍一遍地把粗面条捏成均匀的细面条，再将捏好的面条像绾发髻一样高高地挽在案板上。等做好了卤子，另烧一大锅开水将面煮熟，捞出来浇上卤子就可以吃了。

猪肉烩酸菜的做法：巴盟猪肉烩酸菜在内蒙古特别有名，继丰村的酸烩菜就做得非常地道，尤其以"杀猪菜"最为有名。村里人好客，杀猪这天，将猪槽头肉（猪脖子上的肉）割下招待亲朋。一般杀猪菜一顿得用 20 多斤肉，把肉放到锅里焙，等油出净，加入葱、姜、蒜、花椒、大料、醋、盐、酱油等调料烹制，待入味后，再放入已经洗切好的酸白菜和土豆用中火炖熟。一般一锅菜要烩 3 个小时左右，尝一口，特别鲜香、爽口。最近几年，到农村吃杀猪菜几乎成了临河、陕坝人的一种时尚。每到村里人杀猪的日子，总会邀请住在城里的亲朋好友前来，一边吃着杀猪菜，一边拉拉家常，真是其乐融融。

除了这些，油烙饼炒鸡蛋、油糕粉汤、蒸饼、焖面也是继丰人的特色饮食。继丰村人吃饭非常讲究，家常便饭也做得有滋有味，婚丧宴请更是一丝不苟，饭菜非常丰盛。

每有红白事宴，都要请大厨做地道的河套"硬四盘"即酥鸡、烧猪肉、清蒸羊、丸子，整鸡、整鱼、鱿鱼、海参等，花样繁多，备菜一般有十几道，甚至有 20 道之多。

（四）饮食习惯

继丰村的人喜欢吃面食、面点，吃大米较少。肉类中吃得最多的是猪肉，还有牛、羊、鸡肉，平时吃鱼肉较少，吃海鲜更少。

（五）饮食消费

继丰村人的饮食材料绝大多数都是自产自销，基本不用花多少钱，人们也从不计算成本。

三　居住

（一）房屋变迁

继丰村的房屋经历了由"茅庵"到土房、穿靴戴帽房，再到砖房的历史变迁。

1. "茅庵"：从民国时期到 20 世纪 30～40 年代

据调查，民国时期，继丰村经济十分落后，木材也很缺乏，村民建造的房屋极为简陋。那时村民主要住"茅庵"，即用草坯垒墙，然后在墙上搭一根粗木做大梁，再用很多条木椽搭架，上面铺上柳笆或者杆棘，在柳笆或杆棘上抹泥，"茅庵"就建好了。"茅庵"有特别小的窗户，有些人家没有木制门窗，就用柳棍编织，上面糊上麻纸以抵御风寒。现在，"茅庵"已经变成了历史的遗迹，再也找不到了。

2. 土房：从 20 世纪 30～40 年代到 20 世纪 70 年代

土房在继丰村的历史是最悠久的。从 20 世纪 30～40 年代人们就开始建土房，一直延续到 20 世纪 70 年代。

继丰村紧邻乌兰布和沙漠，气候干旱，土房就地取材，成本低廉，而且特别耐用，一般都能用 40 多年，有的甚至用 50～60 年，再加上土房冬暖夏凉，因此有些老人现在还住在土房中。随着时代的进步，所不同的是，土房的建筑面积逐渐扩大，结构也在发生着变化。

20 世纪 30～40 年代的土房结构一般是"里外间"，外间宽丈六，里间宽八尺，入深丈三。窗户很小，花方格窗，有斜方格和正方格，有窗格 24 眼，有的有 36 眼，平时窗户全部用麻纸糊，过年用细白纸糊；用木板做门，做工很粗糙，门也不漆（俗称"白茬子门"）；灶、炕、地面均为泥土修筑而成。室内几乎没有什么摆设，有则只摆一两个水缸。建房时习惯在墙上留下"窑窑"，用来放杂物和饮食器具、炊具等。对当时的土房有"一门一窗，地下半截水缸，人起炕光"之说。这时的房屋还是土木结构，房子很低，不打仰层。有钱人的住房占地面积较大，房间较多，摆设也较多，有红躺柜、木箱、皮箱、桌椅、橱柜等；一般人家只有一个房间，有的人家是里外间，经济好点的人家有一个单间和一个里外间。另外这一时期，继丰村的房屋还有一个明显的特点就是"锅连炕"，锅灶和炕之间有一个木头做的台子隔着，大人做饭时孩子往往趴在台上看，很多孩子都在身体上留下了那个时代的烙印（烫伤）。后来，随着经济的发展，到 20 世纪 70 年代，新建的房子有了单独的厨房，彻底改变了"锅连炕"的格局。

中华人民共和国成立后，开始有玻璃窗出现。这时的窗户分上下两部分，上面是小方格，有窗格 18 眼或 32 眼，用麻纸裱糊，下面是玻璃窗，一般由 4 个大格组成。据村民李铮讲，继丰村从 20 世纪 60 年代初就有了全玻璃窗户，也分为上下两部分，上面分 3 扇，每扇有上、下 3 块玻璃，下面是 4 个较大的玻璃窗格；房屋结构还是土木结构；室内的家具有红躺柜、缝纫机、收音机等；正房旁边建有凉房，用来存放粮食、杂物；院墙用土坯垒砌。

　　20 世纪 70 年代，继丰村人普遍还是盖土房，但结构变成了"一进两开"。没有"锅连炕"了，有专门的厨房做饭，卧室和厨房分开，这种炉灶当地称"夹三炉子"。这时开始打仰层，仰层有纸仰层和泥仰层之分。从 20 世纪 60 年代中期开始，继丰村对村民住房进行了统一规划，盖房要按规划盖，不允许个人乱搭乱建，使继丰村出现了房屋成排、树木成行的整齐格局（见图 4 - 4）。

图 4 - 4　整齐的街道（摄于 2007 年 11 月 18 日）

3. "穿靴戴帽"房：20 世纪 70 ~ 80 年代中

20 世纪 70 年代开始，继丰村有少数人家修建穿靴（即在石根基上砌 6 ~ 7 层砖）戴帽（即以几层砖筑墙顶）房，讲究安满面门窗。随后，仿效城镇安装大方眼玻璃窗，室内裱糊顶棚，漆画腰墙。

4. 砖房：20 世纪 80 年代中至今

改革开放后，继丰村出现了砖木结构的房屋，结构也变成"一进三开"、"一进四开"。到 20 世纪 80 年代中，修筑砖木结构房屋者逐渐增多。室内宽敞明亮，设有客厅、厨房、书房、卧室等。顶棚多为细泥裹抹，称为"泥仰层"，刮普通泥子，地用水磨石铺成。室内摆设主要有立柜、电视柜和门箱柜等。20 世纪 90 年代以后，建的房子全部是砖房，都用钢窗，双层玻璃，室内的摆设也更加讲究。这一时期，铺地开始用瓷砖，出现许多新式家具，有组合柜、小衣柜、酒柜、高低柜、沙发、茶几、餐桌、写字台、书橱等；洗衣机、电风扇、电视机、电冰箱等家用电器也与日俱增。凉房和院墙也全用砖砌成，凉房多为两间，建在院门两旁。

进入 21 世纪，村民还是建砖房，不同的是有的人家在砖墙外贴上了外墙瓷砖，这样房子更加美观实用了。由于人们生活水平的提高，房子装修也变得更加时尚。地面铺着瓷砖，有 60 板，也有 80 板。沙发款式新颖，陶瓷面池也搬进了家，很多人家的厨房、锅台通体都用瓷砖装饰，有些人家还装上了太阳能热水器。从 2006 年开始，很多村民用上了铝合金窗户。继丰村代有成家的房子，建于 2004 年，面积 90 平方米，花了 5 万多块钱。进门是宽敞的客厅，客厅后面是厨房、储藏室、洗澡间，客厅两边共有 3 间卧室，结构布局很合理，和当地城镇的住房结构大致相同。

（二）房屋选址、建造和落成仪式及住房原则

1. 房屋选址

选择地形高的地方做房基（继丰村人将房基称为房底子），这样可有效防潮、防淹，房子也不容易变形。另外，还要遵从村里的统一规划。新中国成立前选房基要请风水先生，新中国成立后破除迷信，就再也没人请风水先生了。

2. 房屋建造

20世纪70年代以前建造的都是土房。选好房基后，将房基垫平、垫高，用磙子压结实。这时建房的主要材料是坷垃。首先要挖坷垃，挖坷垃可以就地取材。把地犁虚，用耙耙平，淌水，等半干时，再用磙子压，然后趁湿用裁刀裁开，用西锹挖。快干时一行一行垒起来，干透了就可建房了。20世纪80年代中期以后都建砖木结构的房子。在村委会帮助选定位置后，村民要自己打地基，"万丈高楼平地起"，打地基的工作非常重要。虽然继丰村属较干旱地区，但村民们还是要打石头地基，这样建起的房子特别结实。村里没有砖厂，砖要从其他地方买，建房成本明显增加了。让调查组感到吃惊的是继丰村的人建房都是自己建，从不请技工，村民建房互相帮忙，用人也从不花钱。砖房要挖三尺深的壕子，底下铺沙子，上面放二尺高的石头，然后砌砖。砌砖墙的方法和建土房时的做法一样。现在用木头三脚架代替了大梁，用木板代替了柳笆，木板上铺小麦秸秆，上泥，最后铺瓦。砖房一般能用60～70年。

3. 落成仪式

房子基本建好后，上梁这天要吃油糕，当地称为"上

梁馍馍压錾糕"。上大梁后，在大梁上放数根柳木椽子，盖上柳笆，上面铺一层小麦秸秆，上泥就可以了。建砖房，也是在上三脚架这天吃油糕。这天除了请帮助盖房的人以外，还要请亲朋好友前来祝贺，中午吃油糕粉汤或炖羊肉，晚上还要喝酒，特别隆重。

4. 住房原则

中华人民共和国成立以前，在一栋房子中，东面为上，老人居住，西面为下，晚辈居住。现在完全不讲究这些，人多住大房，人少住小房。再者，现在绝大多数年轻人都分家另过，住房特别宽敞。

四 出行

（一）出行方式

据村里的老年人讲，中华人民共和国成立前，继丰村的交通工具非常贫乏。穷人不管路途远近，都得徒步；经济条件较好的骑毛驴或套车，即花轱辘车（花轱辘车轮子比二饼子车大），后来就是二饼子车，二饼子车车轮是一个木头圆轱辘，中间有一个车轴；有钱人骑马或套马车、骡车或牛车。由于交通不便，较远的亲戚来往较少。徒步或套车速度都很慢，因此，人们出门远行，视几百里为愁事。"二疙蛋蛋车套花牛，搬上老嫂子走包头"，"出门一天带三天的干粮，夏天出门带冬天的衣裳"，即是当时交通状况的写照。解放初，穷人分了牛和车，贫富差距缩小。继丰村人出门普遍骑骡、马、驴、骆驼或坐车。路途较近时也徒步。20世纪60年代，继丰村人到较近的地方，一般是徒步或骑自行车或是坐骡、马拉的"胶车"，出远门则多坐汽车、火车。20 世纪 70 年代以后，继丰村买了两辆拖车。这时徒步行走、骑牲畜的很少，牛车已经绝迹，驴车、骡车、马车比较普遍，偶尔也坐拖车和小四轮车。20 世纪 80 年代以后自行车、轻骑、摩托车、汽车、火车已成为主要交通工具。现在继丰村的人在乡镇范围内活动主要靠自行车和摩托车（见图 4 - 5），到更远的地方主要依靠村里的面包车，还有火车、汽车、轮船、飞机。1988 年，继丰村第一辆面包车通车，去镇里、陕坝、临河特别方便了；现在人们过年还专门到陕坝、临河置办年货。骑自行车的很少；有些村民偶尔也用驴车，驴车速度慢，但坐着特别舒服。

图 4 - 5 交通工具——摩托车（摄于 2008 年 7 月 24 日）

（二）出行习俗

（1）择吉：以前人们一般选双日子出门，现在不怎么讲究。

（2）禁忌：春节期间，不过"人七日"不出门。

五 文化生活

（一）文化生活的内容

中华人民共和国成立前，继丰村人的文化生活非常单调。

中华人民共和国成立后，村民的文化生活逐渐丰富起来。据王玉英老人讲，20 世纪 50 年代，继丰村办起了"民校"，让农民入夜校上学，主要教授内容是村里人的名字，如"代双福"、"张建国"、"刘栓银"、"张玉兰"、"王玉英"等。

20 世纪 60 年代为了丰富文化生活，继丰村的人自己编排剧目，歌颂共产党的领导，如"新人新事新国家，没见过县长下乡种庄稼"、"吃上蜜糖比黄连，翻起身来比以前"这些台词反映解放农民的幸福生活。还有话剧《白毛女》等反映旧社会地主对农民的压迫等剧目。

20 世纪 70 年代到 20 世纪 80 年代初，继丰村家家户户安装了广播，每天可以定点听新闻以及文艺节目等。这一时期，村里偶尔有电影放映，如《喜盈门》、《咱们的牛百岁》、《梁山伯与祝英台》、《小花》、《孙悟空三打白骨精》、《永不消失的电波》、《牧马人》等，还有外国影片如《老枪》、《静静的顿河》等，极大地丰富了人们的生活。当时人们看电影的热情非常高，即使离家再远也要赶过去看。看电影前家家户户都要给孩子们炒瓜子、炒豆子，村子里到处飘着瓜子、豆子的香味，孩子们的心情非常激动，那个时代，看电影就跟过年一样。

1978 年以后，农村交流会得以恢复，交流会在丰富继丰村人的文化方面起着非常重要的作用，尤其能够满足老年人看晋剧、秦腔的愿望。交流会期间也会放映一些电影新片，满足年轻人的胃口。1984 年，继丰村有了第一台电视机，全村人欢呼雀跃，每晚都聚在一起看电视，谈天说地、拉家常，其乐融融。20 世纪 90 年代，村子里电视逐渐普及，由"黑白"变成了"彩电"，晚上人们把更多的时间花在看电视上，电视成为人们了解外面世界的主要窗口。村委会也订购了一些报纸，主要有《人民日报》、《巴盟日报》等。除此之外，人们还趁农闲打麻将。继丰村现在有麻将馆十几家，麻将馆对继丰村来说也是个新事物，最近 7～8 年才出现，如果把握得好的话，这些麻将馆对丰富人们的业余生活也会起到一定作用。

（二）文化生活的支出

继丰村的文化生活是比较单调的。文化生活支出费用也很少。

第四节　生老礼俗

一　生育

（一）生产

以前，继丰村妇女"生产"都在家里，现在绝大多数在镇医院，妇女"生产"时男人不准在场，顺产三天就可出院。孩子生下回家后，要在产妇的门楣上钉一个红布条，

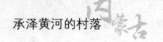

叫做"忌门",别人从产妇门前路过,看到红布条就不再大声喧哗,怕惊扰小孩,也不会轻易到产妇家串门,如果有事必须进入,就要在外面多站一会儿,暖和暖和身子、拍拍身上的土再进入,进入后也要轻手轻脚。

(二)过三天

孩子生下第三天要过"三天"。过三天一般不大办,只有孩子的爷爷奶奶、姥姥姥爷、住在附近的姑姑姨姨、爹爹舅舅和一个居民点的邻居前来祝贺。邻居来时要擀上长面或从家里端一盆面,意思是给产妇"送奶"。过三天要在中午吃一顿"哨子面",可以是长面也可以是挽面,意即"长命百岁"。来的人要轻手轻脚、轻声说话,刚进门不能直接进月房,要在其他屋里待一会儿,尤其冬天,避免把冷气直接带入月房。如果哪家孩子生下后母亲没有奶水,就要挨家挨户去要面,即"凑奶",据说"要回的面产妇吃了就会有奶水"。

(三)过满月

孩子满一个月时要过"满月"。男孩29天、女孩31天为满月(男孩往回过一天,女孩往出过一天)。过满月来的人要比"过三天"时多一些,稍远的亲戚和关系好的邻居都会来。以前来的人都拿2~3尺布,现在都拿钱表示祝贺。亲戚要给婴儿送礼物,继丰村有这样的说法:"姑姑的鞋,姨姨的袜,娃娃穿上能活八十八",以前都是手工做,现在都是买成品。参加"满月"喜庆的,多为妇女,男子较少参加。过满月要"坐席",一般都要上河套"硬四盘"即酥鸡、丸子、清蒸羊、红烧肉,再备一些凉菜。酒是绝对不能少的，酒的档次，要根据家庭经济条件而定。

（四）过周岁

孩子生下满一年要过"周岁"。过周岁比较简单，附近亲戚聚到一起，吃糕或是吃长寿面，邻居一般不去。

（五）圆锁

随着农村生活水平的提高，近几年，继丰村兴起小孩"圆锁"的风潮。请客范围包括亲朋好友和邻居，与结婚时所请人数差不多。12岁圆锁，标志着孩子童年的结束、青少年时代的开始，家长非常重视，一般都在镇饭店举行。饭菜少不了鸡、鸭、鱼、肉、鱿鱼、海参以及烟、酒、糖、茶，还有乐队伴奏，非常热闹。

二　婚礼

在长期的劳动过程中，继丰村村民形成了一套独特的婚姻习俗。婚礼的整个程序可分为以下8个部分。

（一）提亲

据课题组调查，继丰村的婚姻在旧社会都是包办婚姻，全凭媒人撮合。提亲是由媒人或是亲朋好友与男女双方的老人沟通，只要老人同意了，这门亲事就算成了，无须征求儿女的意见。现在，继丰村的青年男女自由恋爱者居多。如继丰七社的柴绍荣看上了同村的李枝枝，他对村里人说："就是花多少钱我也要把枝枝娶回家。"可见，现在年轻人敢于大胆地追求自己的幸福。有些青年男女在某些场合见过面后，如果一方对另一方有好感，他（或她）会请一个中间人给对方传话，也起着牵线搭桥的作用。通过中间人双方家庭沟通起来就比较容易了。继丰村与人交往特别少的人才让人介绍对象，"再不好找的"就得到外地去"领媳妇"回来。去女方家提亲要拿中档烟酒，还要在女方家吃顿便饭。

提过亲后，有些人家会到对方所在的村子打听，看看对方到底是什么样的人家，人品如何，性格怎样，有没有遗传病，有没有狐臭——这个毛病在农村是特别忌讳的。

（二）看家

"看家"是订婚前的一件大事，是新中国成立后才兴起的，看家的主要目的就是女方进一步了解男方所居住的环境、经济条件以及家庭成员。看家一般选择双日子。介绍人定好看家的日子，女方由哥哥、嫂子、母亲、父亲、姐姐、婶娘等陪同去男方家看家，看家人数不受限制，可多可少。美酒佳肴之后，临行前男方还要送给女方及其亲戚礼品，大多数是给每人买件衣服。辞别时男方以红布包裹东西给女方，女方若欣然接受，则表示婚事"八九不离十"。临别之际，介绍人会告知女方亲戚，近日女婿将前来接姑娘上城买衣服。如果不接受礼品，甚至不吃饭，就表明婚事不成。

（三）买衣服

继丰村的青年男女一般都要到陕坝、临河买衣服，也有到呼和浩特市、北京买衣服的，一边买衣服，一边还能借机旅游，等过了门，就没有这样的"优待"了。买衣服的钱都是男方出，因此男方经济负担比较重。买回的衣服主要是在订婚之日穿。现在买衣服都时兴"大包"（大包，方言，意思就是把买衣服这一项折算成钱一并给女方，让她自己决定怎么花），姑娘一般也不买太多衣服，而是把钱攒下来。

订婚前女方所提的条件要写好礼单呈给男方，包括衣服、房子、家具、电器、金银首饰、彩礼等。男方家只要条件允许，娶媳妇都要盖新房，其他的东西如衣服、电器、家具等也会"大包"（意思是把买衣服、电器、家具这几项花费折算成钱给女方，至于怎么花女方自己决定），这样姑娘就有了更多的支配权利。一般来讲，女方要的东西要和男方经济条件相称。

（四）订婚

订婚一般都选在双日子，由男女双方商定。订婚这天，男方拿礼品到女方家订婚。男方由准女婿、介绍人（或中间人）、父母等若干人组成。礼品有猪肉、羊肉，烟、酒、糖果等。这天，女方家可热闹了，姑姑、姨姨、爹爹、舅舅等亲戚都要请来，大摆筵席。

订婚后，每逢冬、夏季，男方都要接女方到男方家买适合时节的衣服，称为"穿冬衣"、"穿夏衣"；每逢节日、交流会都要带女方去玩，给女方花钱，以博得女方的欢心。因此订婚后，男方往往急着要把准媳妇娶回家，多拖几年就得多花销。

（五）探话

结婚典礼之前，男女双方选择一个吉日"探话"，探话就是男女双方家庭坐在一起商定结婚典礼的日子。探话

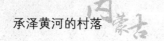

时男方要给女方拿一只整羊，称为"探话羊"，烟酒也是少不了的。典礼一般选定在冬天举行。河套忌讳四、六，有句谚语曰："四六不成才。"一般人们认为初八、十八、二十八是"好日子"，再者，初二、十二、二十二也不错。

（六）娶亲

结婚典礼前一天，男女双方的远路亲戚都来了，非常热闹。喜事到底办得怎样，关键要看一个重要的人物——"代东"的能力怎样，"代东"即代替东家操办的人。"代东"是整个婚礼上的"总指挥"，什么时候开饭，什么亲戚应该安排到什么位置就餐等都要由他决定。婚礼当天一早新郎要带娶亲人、放炮人、伴女婿前往女方家娶亲。解放初，继丰村人娶亲多用自行车，20 世纪 80～90 年代，开始用小面包车、高级轿车，车越好、越多，女方家越有面子。到了女方家，新娘由"女娶亲"亲自伺候梳洗打扮。"上轿"前还有"威富贵"的过程，即女方坐在男方带来的装新被子上换衣服，以示婚后荣华富贵。换好衣服后，新娘"上轿"、上车，"上轿"、上车前绝大部分新娘会痛哭流涕，以示离别父母、告别少女时代的痛苦心情。现在都是自由恋爱，哭的人越来越少了。

娶亲时一般为娶三送四（娶亲三人，送亲四人），伴女婿、压轿人等均为编外，民勤人有"姑不娶姨不送，姐姐送了妹妹的命"的说法，宁夏人无此讲究。

（七）结婚典礼

新娘娶回来吃过午饭以后，举行结婚典礼仪式。在正房房檐下放张桌子，墙上挂块红布或贴个大红"喜"字，红布上再别上用红纸写的典礼议程。结婚典礼由司仪主持。在结婚典礼过程中，姐夫、小叔子会出尽怪招为难新娘子，这一天无论怎么要笑新娘都不许恼，否则人们就特别扫兴，也会认为新娘没风度。典礼这一天还有代东"说喜"，说一些诸如"新人下轿贵人搀，一搀搀在个八宝龙凤湾"等类祝福的话。

（八）回门

婚礼的第二天"回门"，即新女婿和新娘子回女方家，俗称"待女婿"。女方的嫂嫂、弟弟、妹妹会想尽一切招数，"好好招待"新女婿。回门这天中午要吃"下马饺子"，有的饺子里包有过量的花椒、盐、辣椒等，这就需要新女婿动用全部的聪明才智，仔细观察，小心谨慎，方可不被戏弄。回门不住，当天返回。太阳落山前，新娘新郎要回到自己家。婚后在婆家住7天后娘家会来人接女回家住8天，俗称"住七住八"，在娘家住8天后，新郎要来接新娘回家，至此，婚礼的一系列程序才算结束。

三　寿礼

继丰村人以前一般不太重视过生日，随着生活水平的提高，逐渐开始重视。过生日仪式也比较简单，一家人在一起"吃顿好的"就行了。但是"过寿"的老人比较多，只要家里条件允许，一般都过。继丰村的老人，一般到60岁过生日，称为"过寿"。之后，要在老人70岁、80岁、90岁等整数年龄时给老人过寿。寿礼的操办者当然是成了家的儿女。这一天，人们在家里墙上贴上红对联，一般都

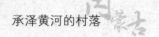
写"福如东海长流水，寿比南山不老松"等祝寿的话。老人穿着新衣服端坐炕上，接受儿女们及亲戚的祝福。儿女们祝寿要有祝词，一般都是表达心意，如感谢老人养育之恩，祝老人长寿等。过寿一般要准备"硬四盘"，还要有喝酒的凉菜。一般都是家人和亲戚聚在一起吃午饭，亲戚不"上礼"，一般要拿祝寿的礼物，也可不拿。这一天，不管安排了什么饭，"长寿面"或"增寿糕"是大家必定要吃的，意即祝老人长寿。

四　葬礼

现在，继丰村的人去世后主要还是土葬，个别非正常死亡的年轻人才会选择火葬。继丰村的墓地紧邻乌兰布和沙漠，没有公共墓地，都是一个家族一个坟地。土葬的程序主要有以下 12 个。

（一）备老衣棺木

继丰村的老人一过 60 岁，儿女就该给其准备"老衣"和棺材了。具体分工是女儿准备老衣，儿子准备棺材。

绝大多数人家是自己做老衣，少数人家买现成的。老衣可以是女儿做或老人自己做，也可以请别人做，但钱一定要女儿出。老衣材料以绸缎为主，也有礼服呢、毛料等。一般男的要用蓝色绸子或缎子做成上下衣或袍子，女的要用棕色或者红色的绸子或缎子做成上下衣或袍子。外面也可以穿大衣。衣服里子一般用红色的绸子或布做。寿鞋一般用蓝色缎子做鞋面儿，女的要在上面绣莲花。褥子里外都是黄色绸缎做。解放以前人们讲究做老衣不能用毛制品，认为死者穿毛料下辈子不能转世成人，会变其他动物。现在不讲究这些了，只要老人喜欢，什么都可以穿。老衣穿单不穿双，就是衣服的层数要是 7 件或 9 件，不能是 6 件或 8 件。尤其是死者喜欢的衣服尽量让其"带走"。

棺材的选料主要是松木，有红松和绿松两种，红松质地好些，因此，经济条件好一点的家庭会选择红松。除了松木还有柏木棺材，柏木棺材质地好，还能避邪，因此，被奉为上品。新中国成立前一直到 20 世纪 70 年代，棺材都是由村里的木匠做，做好后再请画匠油画棺材，棺材两侧一般画"郭巨埋儿"、"唐氏奶母"等"二十四贤孝图"中的一节。棺盖和大小堵头男女各有讲究：棺盖男画龙，女画凤；大堵头男画庙，女画屋；小堵头男画蛇盘兔，女画脚蹬莲；另外棺材上还要画山水，有歌谣曰"头枕莲花脚登山，后辈儿女做清官"。现在棺材的材料和图案与以前相比没有太大变化，但棺材不再请人画，而是直接买成品。镇里就有棺材店，也在很大程度上方便了村里人的生活。以前村里请画匠油画棺材，油墙围子，现在不油棺材也不画墙围子了，以前的画匠也因此失业，改行干别的了。

（二）送终

老人病危时，儿女们都要守在跟前，远方的儿女要事先通知其老人病危的情况。老人临终前，尽量穿好衣服，死后，要在嘴里放入"口含钱"，"口含钱"一般是银元、一元硬币或小银元宝，如没有这些，也可放入戒指或耳环。落脉后，用白麻纸把死者的脸蒙住，拿红绳将脚拌住，以防猫进来惊动死者。然后，儿子抬死者的头部，女儿抬死者的脚，将死者轻轻放在事先准备好的门板上，木头是绝缘体，防止雷击时出现诈尸。过去要停尸三天才入殓，以

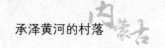

防有休克的病人醒过来。现在待死者身体冷却就可以入殓，但是不严棺。死者从家里抬出去一般不出两个门，如果必须经过两个门，则只能选择从窗户上出。

（三）搭灵棚

将死者停放好后，紧接着就是搭灵棚。搭灵棚主要是保护棺材不让太阳晒到、不让雨淋到。在方位上没什么讲究。一般都是在院子的一角，用数根椽子搭一个棚架，外面盖上柳笆或者苫布，把棺材放在里面。棺材的后面和两侧一般都铺上麦秸，每天灵棚里都要有守夜的人，守夜的人坐在麦秸上会舒服、暖和一些。灵棚口用细竿高高挂起一缕用白麻纸扎成的一尺多长的穗子，称为"冲天纸"，以示老人已"归天"。这些都由道人操作。死在外面的，灵棚必须搭在外面，不能进院。

（四）入殓

搭好灵棚后，就是"入殓"。在老人死后当天就要把老人装入棺材，称为"入殓"。入殓前用花色纸将棺材内壁糊裱一新。然后在棺材底铺上麻纸，麻纸上面铺褥子，褥子一般是黄色的。入殓时要用一块大布单将亡人遮住，不要让太阳晒到。将亡人放入棺材后，要给亡人盖苫单，苫单一般是红色或粉色，有"铺儿盖女，铺金盖银"之说，意即盼望亡人永享富贵。另外，还要烙5~7个打狗饼子，用一条麻绳穿起来，将绳头放在死者左手中，把打狗鞭子放在死者右手中，意即在去往阴曹地府的路上，如果碰见恶狗，给恶狗吃饼子，死者就会顺利通过。入殓后，在棺材前放一小罐，称为"遗饭罐"，入殓后到出殡前，吃每顿饭之前都要先给亡人添饭，意为让死者每餐也吃一些。同时还要在棺材前放一个瓦盆，称作"叫纸盆"，入殓后，来了亲戚朋友要给亡人"点纸"（即烧纸），烧纸在盆里烧。死者一般可停放3天、5天或者7天，停放的天数要请"阴阳"掐算。

（五）上祭

在棺材前放一张桌子，上面摆放一些食物，称为"祭子"。一般是女儿女婿上"祭子"，儿子不上。上"祭子"要看儿女们的经济条件，可多可少。继丰村上"祭子"一般为"羊祭"。用"掏心杀"的方法把绵羯羊杀了，羊身体很完整，把红纸、绿纸剪成网状花套在羊身上。羊鼻子里插上葱。女儿要蒸15个大馍馍摆在供桌上，上香。女儿多的话最多上两三个"祭羊"就可以了。

（六）戴孝

老人死后，由村里懂礼数的老人给来的亲戚朋友"破孝"，"破孝"的人一般为女性。儿子、儿媳、女儿、女婿皆为重孝，他们须头戴孝帽，身穿孝衫，腰间缠一根麻辫子，即所谓"披麻戴孝"。现在也用一根白布条代替麻辫子。孝帽男女有别，男为两角方帽，女为圆帽，圆帽前有个巴掌大的孝手巾，后面垂下一条半尺宽、一尺多长的布条。继丰村儿女亲家不戴孝。孙子戴花花孝，家孙子孝要在孝帽子上钉一块铜钱大小的红布，外孙要在孝帽子上钉一块铜钱大小的蓝布，孝衣全为白色，腰带和帽子所订布的颜色一致。重孙孝衣全身都是红色。抬重的人一般都只戴孝帽子，还在扣子上挽上红布条。未过门的媳妇，可以不来，来的话要穿孝衣，烧纸。继丰村人特别讲究戴孝要戴得干净，凡戴孝的人都要穿素色衣服。不能穿红、绿、花等亮色衣服。与死者关系越近越严格，否则会被认为是对死者的不敬。待出殡后，棺木入土，儿女们才可扯开孝帽、孝衫等，并将麻辫、白布腰带扔在外面，将衣服上的线头也揪干净扔掉。回家做个"孝"字，戴在左臂上，继续戴孝，此时即称"守孝"，"守孝"的时间一般为一年。

（七）请人

将亡人的一切安排妥当后，孝子要提着丧棒到邻居家请帮忙的人。"请人"时一般有人陪同，到了邻居家孝子跪在院子里磕一个头，由陪同的人说明来意，戴孝一般不进门，进门时要把孝帽子放在屋外或者装在兜子里，否则就要挨骂。除了请邻居帮忙的人外，还要请亲戚。请亲戚和请邻居的礼数基本一样。"走远处"不戴孝帽子，不穿孝服。

（八）叫夜

出殡头一天晚上要给亡人"叫夜"，叫夜也叫"明路"，就是往"出"送死者灵魂，因此，叫夜也称为"送行"。天黑后，亲戚朋友和邻居一大帮人，打着火把向墓地方向走去。出殡头天下午4点左右，鼓匠就请回来了，叫夜时鼓匠会吹一些悲调。鼓匠只管吹，道人跟着指挥人。明路最初是用棉花蘸着柴油烧，后来用玉米轴蘸着柴油烧，现在则是放礼花。明路的方向向着坟地的方向，如果坟地远走到半路就可以了。明路的人一边走一边往路两边丢火种，回头望去，犹如两条火龙。遇到十字路口要停下，点燃两堆柴火，方可返回。明路去时点纸哭，回来时不能哭。

（九）打墓坑

在出丧前一天的白天，由请到的"抬重"的十几个人及孝子，在预先选好的地方挖墓坑。但是坑不挖到底，下葬时才最后挖好。打墓坑时要带两瓶酒，到墓地后，先痛饮一番才开始行动。继丰村人绝大多数是宁夏、甘肃籍人，每个家族都有一个大墓地（继丰村人称为"茔地"），在墓地中，不同辈分都按一定顺序排列。宁夏人是人字葬，民勤人是排码葬，因此，在茔地中墓坑的位置基本上早已固定。继丰村紧邻乌兰布和大沙漠，气候干燥，但地下水相当丰富，挖墓坑时，有的地方会挖出水来，这时道人就会说"头顶青山，脚蹬黄河"。继丰村也有用土坯、坷垃或砖"圈明葬"的，但圈明葬的人很少。没成家的、得怪病的、非正常死亡的都要埋在茔地外面。

（十）刮灵

在出丧前一天晚上，女儿们不时要在灵前痛哭一场，直至次日天亮。鼓匠则要通宵吹吹打打。鼓匠们吹奏诸如《小寡妇上坟》之类的悲调，代替女儿的哭声。因此，请鼓匠的费用，由女儿们出。另外，这天晚上，讲究死者女婿们偷吃部分祭品为吉利。比如，女婿会偷"祭羊"到邻居家，让邻居给炖着吃。这又给丧事增添了一分轻松感。如果老人在 80～90 岁去世，继丰村的人认为老人"活成了"，认为老人去世也是好事，因此有"红白喜事"一说。

（十一）　出殡

出殡又叫"出丧"或"出灵"。这一天早饭后，要"开光"，意思就是在送走亡人之前，儿女们或亲近的人再瞻仰一下遗容。"开光"由亡人长子或长女用棉花蘸着胡油或烧酒擦洗死者面部七窍，开光时不能哭，继丰村人认为眼泪掉到棺材里不吉利。开光后，亲戚们绕着棺材一个个与亡人遗体做最后告别。遗体告别后要"严棺"，就是将棺盖钉住。钉棺盖称为"打银钉"，道人每用斧钉一下，孝子孝女们就要喊一声："爹躲钉！"或"妈躲钉！"棺盖钉好后，由几个抬重的人把棺材抬出灵棚，放在抬杆上。此时，死者长子把烧纸盆举过头顶，用力摔在地上砸烂。而那个"遗饭罐"则要带上，准备埋入墓里。随后，几个人将灵棚拆除。一切准备妥当后，代东喊一声："动灵啦！"这时所有的人齐集灵棚前，孝子贤孙则跪倒一大片。由那位长者给抬重的人每人敬一杯烧酒，每敬一杯，孝子们都要磕一个头。那位长者再说一声："烧纸啦！"于是，儿女们、亲朋好友轮流烧纸。烧纸时口中念念有词，如"爹拾钱来……"或"妈拾钱来……"。烧完纸后，紧接着就是动灵。棺材抬出时，要抱一个大红公鸡在棺材前面走，这只鸡叫"领魂鸡"。在送葬的队伍中，死者的长孙举着"引魂幡"走在最前面。无男孙，孙女也可。另外亲戚们七手八脚地把纸火、花圈拿到墓地，纸火有两层楼房、电视、电脑、手机、小汽车等一应俱全，还有童男童女、金斗、银斗、鹤等。后面是孝子们扯着拉灵布，出殡时一路棺材不能停，路远拿凳子，放在凳子上稍做休息，碰上桥、渠，要喊父亲或母亲"过桥啦"、"过渠啦"。抬重的人都要在上衣扣子上拴一个小红布条，据说是怕死人冲着，以此避邪。后面跟随的是亲朋好友还有看热闹的小孩子。其中一人一边走，一边向路旁撒纸钱，称为"买路钱"。如果死者"犯七"，还要在路边插上小白旗。走在最后的是死者的女儿、媳妇和女亲戚，她们一路上哭哭啼啼，直到墓地为止。

到墓地后，将棺材大头朝北、小头朝南放入墓坑，在靠近棺材大头旁挖一个小窑放入"遗饭罐"。死者生前如果有神经病，要将桃木埋入，以此避邪。棺材和所需物品放进墓坑后，把"引魂鸡"的鸡头剁掉，将血滴于棺材上，然后添土。长子用孝衫前襟盛一些土，绕墓坑四周用手徐徐撒土，然后由其他孝子、孝女和亲戚们绕着墓坑往棺材上撒土，然后抬重的人用锹添土，七手八脚地将棺材掩埋，堆起一个土堆并在上面插上花圈和"引魂幡"。埋葬死者时如果遇上下雨，被认为是很吉利的事情，继丰村有"雨淋墓，辈辈富"的说法。送葬队伍路过谁家门口，这家就要在大门口烧一堆火，此有两种说法：一说认为是对亡人的祭奠，一说认为是以火避邪。

埋完亡人后要烧纸、"拆孝"。烧纸是要把带的所有麻纸、纸火、部分花圈烧掉。"拆孝"就是所有戴孝的人将孝衣、孝帽扯开，把麻绳、线头扔到火堆里。埋完亡人回时不能哭。回到家，人们已经将灵棚打扫出的东西点着，回来后儿女及亲朋好友要从火堆上跳过去。从老人去世一直到老人入土，孝子不理发、不刮胡子；孝女不洗脸、不梳头，以示哀悼。出殡回来后，孝子、孝女在院子里理发、刮胡子、洗脸、梳头。

（十二）复三

将老人埋葬后的第三天，儿女们重新上坟，烧纸、痛哭，称为"复三"。复三这天拂晓，死者的长子要拿几块青砖到墓地，在老人墓堆南边立一个小门，称为"墓门神"。孝子还要亲持铁锹修墓加土，名曰"圆坟"。这天，儿女们还要将锅碗瓢盆等带到墓地吃顿饭，称为"安灶"。"复三"后，每逢过年过节，都要给老人烧纸、泼洒食物，意在让老人在阴曹地府也有饭吃、有衣穿。

第五节　节日习俗

一　传统节庆

（一）祭灶

农历腊月二十三家家"祭灶"，也就是祭拜灶王爷。祭拜时供麻糖（用米做成）、生豆瓣、草节。麻糖供给灶王爷，意即灶王爷吃了麻糖后嘴甜，人们希望灶王爷"上天言好事，回宫降吉祥"。生豆瓣和草节是给灶王爷的坐骑提供的草料。

（二）扫尘

腊月二十四扫尘。扫尘就是彻底打扫家，准备过春节。扫尘时要烧灶王爷、财神爷画像，来年要贴新的。

扫尘后开始准备过年的东西。继丰村人过年一般都要准备酥鸡、丸子、馓子、油果子，还要买糖果、柿子饼、黑枣以及各类水果，现在生活水平提高了，人们的饮食更加科学，置办的年货也更加丰富了。

（三）除夕

除夕是农历一年的最后一天。"大年三十"下午，家家户户院门上、窗户上、户门上都要贴上红对联。把院子、棚圈打扫得干干净净，一派过年的气氛。对联的内容为喜庆、恭贺、歌颂之类，如"问声贵客新年好，欢聚一堂在今朝"，"党的惠民政策好，神州大地气象新"等。另外还要在家门口倒贴"福"字，意即"福到了"。除夕前，男女都有理发的习惯，俗称"有钱没钱不要连'毛'过年"。继丰村一直有除夕"迎喜神"、"接财神"的习俗。认为腊月二十三日"神灵"升天，除夕返回。除夕晚上 12 点的钟声敲响时，家家放鞭炮迎接财神，非常热闹。除夕至正月初五，忌口舌、吵嚷、打骂；正月初一至初四，不能往外倒垃圾；过年期间不动用切刀、案板等炊具，意为吉祥，男女不出外干活，俗称"过年忙，月月忙"。"年三十"上午或者下午要烧纸祭奠祖先和过世的老人。继丰村讲究比较少，任何人不管男女老幼都可以烧纸祭奠亡人，祭奠地点可以在任何一片安静和干净的空地上，也可以去坟头。点纸时要拿烧纸、烟、酒、沏好的茶水、水果、炒肉菜或者炖肉。"三十"中午饭一般都准备得很丰盛。中午饭做好了，先要舀出一部分去烧纸，点纸回来才吃饭，以示"敬先人"。有的小孩嘴馋，争着要先吃，大人总是吓唬他们说，这是对先人的不敬，谁要抢在先人前面吃饭谁的嘴就会歪，孩子们听了大多不敢抢着先吃了。"三十"晚上要"装仓"，就是天黑后 12 点之前人们要尽量多吃各种美食、多喝白酒或葡萄酒等，晚上这顿饭人们要吃得好、吃得饱，这样来年才有好收成。由此可见，"装仓"的意思即希望来年粮食装满粮仓。"三十"讲究全家团圆，儿子全家最好能和父母一起过，对出嫁的女儿不做要求。但出嫁的女儿想回来过"三十"、过年也不会有人觉得不妥。一般出嫁的女儿在大年初二或者初三回娘家给父母拜年。"三十"晚上要"守岁"，也就是"熬年"，吃完下午饭，孩子们都换上了新衣服到外面去玩儿，天黑了要回家。全家人围坐在一起叙旧话新、饮食玩乐，包饺子备"初一"早上吃。现在看中央电视台"春节联欢晚会"成为每家必不可少的一道"年三十"的文化大餐。

（四）春节

春节是盛大的传统节日，每至春节，在外的人都回家欢度新春佳节。初一鸡叫就开始接神，在院子里拿麦秸、白刺等笼一堆火，烧香泼洒（方言，指将食物、酒等洒到火里敬神或祭奠先人）、放炮。初一要吃饺子，多数人家在"三十"晚上熬年时就已把饺子包好，有的是初一早起现包。有小孩的人家要在饺子里包硬币，吃到硬币的人被认为是有福之人，吃不到硬币的孩子一个劲儿地吃，家长就偷偷把硬币塞到饺子里，让孩子吃着，真是其乐融融。宁夏人和甘肃人包的饺子形状有所区别，宁夏人包普通饺子和老鼠形状的饺子，甘肃人包弯弯饺子，形似月亮。春节期间每天早晨要放鞭炮。初一早饭后拜年，一般不走较远处，主要是在本村给亲戚朋友拜年。正月初七称"人七"，传统认为，"年三十"人的灵魂上天了，初七回来。这一天每人烧一炷香，看谁的香烧得快，谁的灵魂就回来得快。

认为当年去世的老人就是因为"三十"灵魂走了，人七日没有回来。"人七日"俗称"小年"，"人七日"夜间忌外出，有吃"小年饺子"之俗，这天有的人家还祭祖，为死者烧纸，焚化斋食。初七过完，就算过完年了。

（五）元宵节

农历正月十五是元宵节，家家张灯结彩。继丰村有的人家在大门口挂红灯笼，多数人家用院灯代替灯笼，过年和元宵节晚上都是长明灯。"正月十五雪打灯，八月十五云遮月"，被认为是好年景。元宵节要吃元宵。

（六）二月二

二月二，即农历二月初二，继丰村人也叫"龙抬头节"。这天男的要剃头或理发，称为"剃龙头"，乡下农户燎猪头、炖猪蹄吃。

（七）惊蛰

每年农历三月初五或初六为惊蛰。继丰村人在惊蛰这天要灌牲畜。用猪油、黄花、代黄等熬汤灌牲畜，败火。城乡有吃梨的习俗，意取泻内热、除秽积，以清肠胃。

（八）清明节

清明节是祭奠亡人的节日，汉族一般为亡人点纸、祭食、添坟等。清明时节，继丰村的人有蒸面食的习俗。为儿童蒸鸟、刺猬、兔子、麻雀等面食，名曰"寒鸭鸭"。蒸好后，在上面点上红点，扎于白刺上，插在屋里墙上，就像小鸟落在了树上，非常生动，有的还互相赠送。

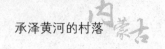

（九）端午节

农历五月初五，为端阳节，河套通称"端午"。对继丰村来说，端午节是一个比较隆重的节日。端午节这天，人们早早就起来了，要赶在日出之前到露水地里将最好的艾条割回来，再割一些柳树条和沙枣花枝一起放在窗台上。将艾条平铺在窗台上，将沙枣花枝、柳枝立在窗台两边。这时正值沙枣开花，有一股特别的清香。早晨吃饭时要喝老黄酒、吃凉糕，喝黄酒的意思是驱走邪疫；中午吃凉糕，凉糕是前一天下午或者晚上用糯米、红枣、葡萄、糖等做成的。当年结婚的女子，不在婆家过端午，俗称"新媳妇躲端午"。在端午节，继丰村人要结五彩线，给孩子戴在手腕和脚腕上，以图吉利，名曰"长命绳"，俗称"花绳绳"。

（十）六月六

虽非正式节日，但城市渐多踏青的出游者。瓜果初熟，农人进城卖鲜，故有"六月六，鲜葫芦熬羊肉"的谚语。

（十一）七月十五

农历七月十五左右，小麦收割并登场。农民习惯给孩子"蒸面人"、"面鱼"等食品，有的杀羊宴请亲朋好友，以此来庆祝丰收。新麦已收，家家做馍祭墓以尽孝心，并做"爬娃娃"、"站娃娃"等各种面人，亲朋互送，以娱儿女。大多数人上坟烧纸祭奠祖先，离坟较远无法回去的人，晚间要在十字路口点纸、泼洒祭奠亡者。

（十二）中秋节

农历八月十五是中秋节，中秋赏月是自古遗留下来的
传统节日。家家在"十五"之前烙月饼。月饼种类很多，
有糖月饼、混糖月饼、千层馍、月亮爷等。饼面图案有庆
丰收、嫦娥奔月、牡丹等。蒸千层馍，要用葵花花（黄
色）、香豆（绿色）、胡麻盐（黑色）、红花（红色）分出
多个层次，既好看又好吃。到了晚上，把院子打扫得干干
净净，在院子中间或花果树下放一张桌子，用瓜果、月饼
供月，并焚香望月膜拜。待香"下去"才可吃月饼、瓜果。
切西瓜非常讲究，要把西瓜切成不同造型，有花篮形状的，
有灯笼形状的，千姿百态，非常有艺术美感。调皮的孩子
谢完月亮后还将西瓜瓢吃了，将瓜皮抠出眼睛、鼻子来，
在里面点上一根小蜡烛，放在墙头上吓人，也增添了节日
气氛。节前节后近邻亲朋要互相赠送月饼。

（十三）十月初一

家家都要烧纸祭祖先，并名曰"送寒衣"，也就是让亡
人穿冬衣。妇女上坟祭哭，情况与清明、七月十五相同。

（十四）冬至日

烧纸，祭奠亲人。

（十五）腊八节

农历十二月初八是腊八节。各家用豇豆、软米、花生
米、芝麻、核桃、黄米、枣等熬豆粥，称作"腊八粥"。粥
做好了，调糖而食，佐以素菜，称为"素腊八"。吃"腊八

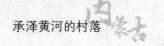
粥"要早起，天不亮即食，有煮粥供佛之意。家人戏小孩早起，说"吃粥迟了，会得红眼病"。

二 现代节日

继丰村的农民，大多重视农历的节日，因为农历节日与他们的劳作节奏几乎同步。现代节日，继丰村人并不是特别重视，但随着生活水平的提高，人们也开始过一些现代节日。当然这个节日是以农闲为基础的。比如元旦，正值冬季，也没什么农活，农家往往要吃顿"好的"，以示庆祝。

三 继丰村人的禁忌

继丰村人男女结婚时，忌姑姑迎娶、忌姨姨和妗妗陪送，有"姑不娶、姨不送，妗妗送到黑圪洞，姥娘送到米面瓮，姐姐送了妹妹的命"之说；结婚时，娶亲的行程忌走重路；忌娶亲相遇，出门迎面碰见娶亲的人被认为是不吉利；碰见穿孝衣或出丧的队伍认为是吉利；凡有丧事的人家，忌当年办婚事；忌一年办两次婚配喜事；人死后要停放在门板或棺盖上，忌停在炕上；身死异地者，尸体或棺材忌抬进村子、院子；"逢九年"忌讳进产房、丧房，要穿红色内衣、红袜子，以辟邪气；忌讳捡帽子，认为路上捡到鞋子为吉利，有"丢了帽子捡了鞋（音 hai），不到三年就发财"之说；忌鸟粪落到身上；忌母鸡啼鸣；忌猫头鹰叫；忌狗哀嚎；男人忌进产妇坐月子房；家人死亡之后两年间，忌贴红对联，第一年可贴黄对联，第二年可贴深蓝色对联，第三年始为红对联；做饭时，忌夹燃鸡毛、葱蒜皮；忌讳坐锅台。

四 继丰村顺口溜

甚（方言，意思是"什么"）小甚喜人（方言，意思是"漂亮"），馍馍小了怪气人；娃娃勤，爱死人，娃娃懒，狼吃没人管；人小帽子低，说话没人理；一揪二撺三拌汤；人穷志短，马瘦毛长；瘦死的骆驼比马大；三个银钱两个针，多来少去是人的个心；要想吃稠的，慢下勺头子；家有千万，不拿白萝卜就饭；信嘴吃倒泰山；长蔓菁，板芋头，要吃萝卜小屁股；家有千万，四条腿的不算；丢了帽子捡了鞋（方言，音 hai），不到三年就发财；远亲不如近邻，近邻不如对门；人闲长指甲，心闲长头发；冷水泡饭，一吃一个胖蛋；过日子不得不仔细，请人不得不大气；穷家富路；火烧财门开；树挪死，人挪活；苦秧秧结了个苦瓜瓜，苦妈妈养了个苦娃娃；渴（方言，音 kang）了喝水香，饿了吃饭香，生食肚胀总比饿着强；马瘦筋多，人穷心多。姑姑的鞋（音 hai），姨姨的袜，娃娃穿上能活八十八；抬头老婆低头汉；人老了没坐处，皮袄烂了没放处；阴坡坡配个阳坡坡；好厨子一把盐；奔楼头，窝窝眼，妈妈看见不黑眼；龙生龙，凤生凤，老鼠的儿子会打洞；做甚的务甚呢，讨吃子务棍呢；穷怕亲戚富怕贼；人活脸，树活皮，墙头活的一把圪杂泥；酸不过浆米罐子，好不过老婆汉子；高粱地里耍大刀，吓唬哪个毛草草；话说三遍淡如水；少说话顶如吃药；正愁的不愁，愁的大青山上没石头；儿不嫌母丑，狗不嫌家贫；憨憨富，憨憨不富再没路；吃葱想蒜了，甚你还想干了。

第五章　文教卫生

第一节　宗教信仰

一　宗教

继丰村信教的人比较少，主要信仰佛教和基督教。据课题组统计，继丰村信仰佛教的有 14 人，信仰基督教的有 9 人。

佛教信仰者平时在家念经，早晚上香，初一、十五不吃荤。正月十五、二月十九、四月初八、七月十五、九月二十九、十一月十七都到庙上聚会。附近的庙有八一庙、公地庙、金堂庙、陕坝蛮会宝莲寺、后山阿贵庙。到了"过庙会"的日子，继丰村人就近上庙，因离八一庙最近，因此，上八一庙的比较多。信教者平时也可以到庙上烧香，拜佛。

"过庙会"，是继丰村佛教信仰者的盛会。每过庙会，继丰村人都要提前上庙帮忙。每人都从家里带吃饭的材料，如面粉、糕面、胡麻油、腌好的苦菜、花豆、辣椒、馒头，也有蒸寿桃的，总之"吃的东西什么都带"。人们来到庙会上，干起活来都争先恐后，他们认为在庙上给大家做饭功德最大。上庙都要上布施，10～100元不等，都是自愿。最大的庙会是正月十五的庙会，有扭秧歌、二人台等节目，信奉佛教的王玉英老人说"上庙会感觉很好，就像回娘家"。

佛教还有个重要的活动就是"放生"，每年开河和上冻时都要放生。念佛的人私下联系，统一到市场上买小鱼，然后拉到黄河边上，先念经，然后将鱼放入黄河，意思是行善积德，不杀生。

信仰耶稣教在吃、穿等方面都没有什么特殊要求，信教者有时间就组织家庭聚会，大家坐下来一起交流信教的心得。一般情况下，基督教信仰者每个星期都有小范围聚会。遇着大的基督教节日则到磴口、陕坝的天主教堂活动。总而言之，继丰村的信教者很多是因为有病或是家事不顺，希望通过信教减少思虑，让佛祖或基督保佑家人平安、顺达。如彭应明的妻子陶秀梅，患有胆囊炎、关节炎和妇科病，因此在1997年开始信教，当时她的婆婆也信教，三番五次地劝她入教。婆婆对她说，信教对身体好，又能保佑一家人平安，基督教劝人行善、不打人、不骂人。陶秀梅"也觉得挺好就入了"。她家里的墙上挂着耶稣教的标志——红十字架，还买了基督教的经典著作《圣经》，每天早晚各祷告一次，有时间就多祷告，最长达到20分钟。陶秀梅说，耶稣教的基本原则有六个：（1）要忍耐；（2）要和睦；（3）要改好脾气；（4）要学好态度；（5）要爱人；（6）要孝敬父母。虽然村里也有人反对，认为这个不顶用，但是陶秀梅觉得自从她信教之后，家里一切都挺好的，她也因此没有参加合作医疗。

二 民间信仰

神树：四坝镇有3棵水桐树，被人们称为"神树"，这3棵树已经有100多年的历史了，树木非常繁茂。长期以来在周边地区流传着"神树"能治病的说法。哪家人得了难治的病，就会到那里"讨药"，据说特别灵验。这三棵水桐树，四季都有彩色带子挂满树枝。继丰村人偶尔也去拜树，但只不过是一种精神寄托。

占卜：继丰村人有少数人遇到不顺会去占卜。花点钱让算卦的人给"卜疗"一通，以此寻求心理慰藉。

叫魂：继丰村有些人相信人有灵魂，人在过度惊吓中会"灵魂出窍"，人受了惊吓灵魂可能脱离了身体躲在某个角落里，"叫魂"的人可以把它唤回来。叫魂以阴历初三、十三、二十三为"好日子"，具体做法如下：叫魂的人可以是亲戚但最好是母亲，拿上受惊吓人的一件衣服，里面包上小擀面杖或笤帚，在正中午或者晚上星星全了时叫受惊吓人的名字，如"某某三魂上身来"，然后问"上来没"，另一个专门应声的说"上来了"，如此叫三遍。据说叫完魂后，被惊吓者再不会害怕，睡觉会特别安稳。

关魂：在继丰村，人受了惊吓后，还有一个解决办法就是"关魂"。用碗盛满一碗米，用刀刮平，然后将这个碗用一块红布包上，放在高处，如立柜上面，总之要选一个安静且干净的地方。关魂也是以初三、十三、二十三为"好日子"，晚上星星全了后，打开红包往碗里添米，据说碗里的米每天会浅下去一点，如果被惊吓得厉害，碗中的米就会浅下去很多。连续添三次米，第三天添完米后，将米煮成粥让被惊吓的人吃了，以后就再不害怕了。

第二节　教育

一　概况

据课题组调查，继丰村的学前（幼儿园、学前班）教育非常落后，小学教育比较正规，但师资力量较差。2006年全部小学合并到中心校二支小学后，状况有所改观，但英语教学仍属于薄弱环节。大部分上初中的孩子在召庙中学就读，召庙中学 2002～2005 年连续四年中考成绩居全旗农村中学第一，连续四年升入奋斗中学人数居全旗农村中学第一。但召庙中学的英语教学依旧是其薄弱环节。再者，由于继丰村位置偏僻，学生上学路途较远，也比较辛苦。尽管如此，继丰村的人还是很注重孩子教育的，没有一个学生因为经济原因而辍学。

二　学校教育

（一）幼儿园教育

继丰村的孩子出生后由母亲母乳喂养，没有母乳，就喝牛奶或者奶粉；小孩 1 岁后就断奶了，母亲下地干活，由老人们在家带孩子。继丰村没有幼儿园，多数孩子是不上幼儿园的，特别注重孩子教育的家长，就将孩子送到镇幼儿园。双庙镇现有幼儿园两所，一所在召庙中学内，一所在太阳庙中学内。幼儿园属于社会办学，是非义务教育。村里需上幼儿园的孩子只能寄宿到双庙镇的幼儿园。继丰村位置较偏，距离双庙镇有 8～16 里，这些孩子在双庙镇上幼儿园只能周托，一星期回一次家。大多是家长合伙包专车接送，如村民张新成的6岁儿子张昊就寄宿在召庙中学幼儿园，一学期的费用达700～800元，其中住宿费250元，保教费360元，伙食费50元，水费15元，每个双休日往返回家的路费也不少。夫妻为了孩子能接受最好的教育，日夜辛苦劳作，希望孩子将来考上大学，有个好前程。

（二）学前班教育

2005年继光小学和丰光小学合并之前，继丰村有两个学前班，一个在继光小学，一个在丰光小学。孩子们5～6岁后就可以送学前班了。大多数家长认为幼儿园可上可不上，但学前班是一定要上的。孩子们上了学前班大多由家长接送，或者邻居家年龄较大的在读学生顺道一同结伴"上下学"。学前班老师一般是由小学老师兼职，主要教拼音和数数，还教唱儿歌，与城里的幼儿园相差无几；保教费一学期300元左右。2005年，继光小学撤并到丰光小学；2006年，丰光小学撤并到二支小学，学前班则全部撤回到召庙学区院内。继丰村上学前班的孩子全部住校，费用和在幼儿园相差不大。

（三）小学教育

1. 沿革

（1）继光小学和丰光小学。

继丰村以前有两所小学：继光小学和丰光小学。继光小学和丰光小学成立于1961年。继光小学最初建在继光四队，1972年迁到继光三队，就是现在的地址，占地面积5500平方米。当时只有一到四年级，没有五年级；有教师8

名，学生总计 90 人左右，都是本村和邻近村子的孩子，没有外地的。丰光小学建在丰光三社，占地面积 5000 平方米左右，有教师 7 人。继光小学和丰光小学的办学条件都比较简陋，教舍都是村里集资盖的土坯房，再安上木头窗，十分简陋；到 1983 年都还没有院墙，村民来来往往，经常穿梭于校舍之中。1984 年开始规划校园，村民集资为学校建起了院墙，又建了大门和库房。1988 年"国家要求用砖木结构建房"，乡、村给了工程补贴，建到 1993 年基本完成。1995 年又盖了办公室，学校已经初具规模，每年村里都组织修补，要求每户出资 10 元。继丰村在全镇来说地理位置比较偏，因此"条件好一点的老师不容易到这里来"，他们或者去召庙中学，或者去中心校，因此师资比较缺乏，尤其英语教师奇缺。小学的主要课程有语文、数学、思想品德、音乐、体育、美术和劳动技能；语文和数学有专门的教师，其余课程都是兼职任教，但不会有额外的工资补助。课题组采访了原继光小学校长王福强，他无可奈何地说："主要是很难招聘到相应的老师，即使招聘到外地的老师，过去还能待上两年，近几年，两个月也熬不住了。"

2003～2005 年继光小学和丰光小学开了两年英语课，每周 1～2 次，都当副科开，教学效果不太理想。上了初中，由于没有良好的基础，继丰村的孩子英语基础和其他村的孩子比起来相对薄弱。因此，许多经济条件比较好的、思想比较开明的家长就尽力把孩子送到陕坝、临河上小学和中学。继丰村书记王佐民当年就将女儿王欣和儿子王鸿飞送到陕坝读小学，两个孩子也不负父母的期望，王欣 2005 年考入内蒙古师范大学，王鸿飞于 2007 年考入内蒙古建筑学院。

针对出生率降低、生源减少、家长和学生接受优质教育需求越来越高、城乡教育不平衡状况越来越大的现状，杭锦后旗采取综合改革、整体推进的办法，在 2006 年 9 月，将丰光小学撤并到二支小学，这样学生比较集中，能够享受较好的教育资源。

（2）二支小学。

二支小学已经有 50 多年的历史了，占地 5000 平方米，2007 年全校共有学生 230 人，其中住校生有 130 人。有专任教师 14 人，有一至五年级、6 个班，其中四年级有两个班。二支小学有操场 1 个，教室 7 间，宿舍 8 间。学校开设语文、数学、英语、音乐、体育、美术、思想品德、社会、科学 9 门课程。三至五年级全部开英语，是正课，但很缺乏英语老师，英语老师都是聘请来的，教学效果一般。据课题组 2007 年调查，继丰村有小学生 110 人，其中在二支中心校的有 55 人，在黄家滩小学的有 4 人，其余有条件的都到陕坝或临河条件好一点的学校读书去了。二支小学离继丰村 7～15 里路，比较远，孩子们上学全部住校。每学期住宿费 30～50 元，伙食费 600 元。国家给贫困生每学期补助 240 元，全校共有 20 多个贫困生，其中继丰村有 1 个。二支小学是召庙学区小学的中心校，在师资配备和办学条件上都要优于其他小学。学校在长期的教学实践中提出"以学生全面发展为宗旨，以学术科研为根本"的办学方针。学校根据自己的实际情况，以学生德、智、体全面发展为出发点，创出自编操，自编操更加有节奏感，更加自然、活泼。2001 年巴彦淖尔市教育局授予二支小学"花园式学校"（见图 5－1）、"巴彦淖尔市示范性学校"荣誉称号。

图 5 – 1　花园式学校（摄于 2008 年 7 月 24 日）

2. 教师的待遇与培养

二支小学成立以来，教师平均工资状况如表 5 – 1 所示。

表 5 – 1　教师平均工资状况

单位：元

项目 时间	最高工资	最低工资
20 世纪 60 年代	50	20
20 世纪 70 年代	70	30
20 世纪 80 年代	100	50
20 世纪 90 年代	260	150
2000 年	1000	750
2006 年	2100	1700

二支小学建立初期，教师的工资很低，是由旗教育局直接发放的。随着国家对教育工作重视程度的逐渐加强，教师这个职业也受到相应的关注。20 世纪 80 年代教师工资涨幅不明显，2000 年以后教师工资出现了质的飞跃，随后，教师的工资一直在上涨，基本工资平均达到 1700 元，给教学工作者

提供了坚实的物质保障。每逢年节，政府还会给教师发放一些福利，大米、白面、食油、牛奶等物品，切实关心教育工作人员。20世纪90年代教师的职称处于初评阶段，到2000年开始受到重视。近些年，对教师工作水平的评测越来越频繁，按照"好中选优，优中选强"的原则，全面实施教师和校长聘选制度。通过分学科考试、考核、听课等办法，从原有教师中择优遴选，继而进行包括继续教育、计算机、潜能、世贸和政策法规等的一系列培训；再通过考试、答辩、民主测评、实绩考核、德能勤考评等过程，对教师的教学质量进行量化打分，切实做到"人才兴教，人才兴校，人才强旗"。2000年以后，学校中再也没有民办教师。

3. 学生的学习、生活

学生自发的活动丰富多彩，学校组织的活动也不少：少先队活动、课外活动，交通安全和普法教育活动等，每周五还举行一次专题性讲座。学生参加的最多的是体育活动，如打篮球、打乒乓球，另外还有单双杠和联合器械，如爬杆、吊环和秋千等。"六一"儿童节是学生们的一个盛大的节日，在节日的前几天学校会举办运动会，有长跑、短跑、技能跑等田径项目，还有各种球类比赛，学生们尽情展现着自己的风采。

学校还订购一些报纸，如《教育报》和《巴盟日报》，每个班级都有"报刊一角"，供学生在休息时间阅览，拓展其课外知识。

二支小学作息时间（星期六休半天，周日全天休息）：

冬季：上午7：30～11：30　　夏季：上午8：30～12：00

　　　　下午2：00～5：30　　　　　　下午3：00～6：00

另外，二支小学建立了法治校园。为推动校园治安综合治理工作深入开展，提高学生自我防范能力，预防和减少校园案件和在校生违法犯罪，实现校园安全防范工作制度化，创建安全文明校园，二支中心小学通过开展主题班会，通过签名观看法制教育影片、举办图片展览、举行法制教育报告会等多种活动，形成以课程教学为主要渠道，课内课外、校内校外紧密结合的学校法制建设的工作格局。

2007 年双庙镇有中学 2 所，小学 7 所。原太阳庙片区有小学 4 所：永明小学、太华小学、五丰小学、太阳庙农场小学。原召庙片区有小学三所：黄家滩小学、增光小学、二支小学。继丰村的孩子被划在二支小学学区。2008 年 7 月，巴彦淖尔教育局出台了《杭锦后旗农村学校 2008 年秋季布局调整方案》，对双庙镇学区的调整主要有以下几点：

（1）原召庙片区撤黄家滩小学、增光小学，将两校 66 名学生并入召庙中学，办成九年一贯制学校，实行一校两部，低段（一至四年级）放在二支小学，高段（五至九年级）放在召庙中学。（2）原太阳庙片撤永明小学和太华小学，将两校 73 人并入太阳庙中学，办九年一贯制学校，同样实行一校两部，低段（一至三年级）放在五丰小学，高段放在太阳庙中学。（3）考虑到路远及今后发展因素，继续保留太阳庙农场小学。

由于人口出生率大幅下降，这就需要教育资源的整合，合并是必然趋势。

（四）中学教育

继丰村的孩子小学毕业后，成绩好的考入杭锦后旗的五中和六中，绝大多数学生进入召庙中学（见图 5-2）。继丰村距离召庙中学 8~16 里，学生只能在校住宿，双休日可以乘坐班车或自己骑自行车往返。召庙中学 1970 年建立，是一所农村义务教育学校，占地 30302 平方米，学校拥有标准化的办公室、仪器室、实验室、计算机室（见图 5 - 3）、电子备课室、图书室、阅览室、多媒体教室、文印室、宿舍楼和学生食堂。现在每一个教室配备一台 30 英寸的彩色电视，同时又在筹划每一个教室再配一台电脑；教师的办公室配备设施已经达到标准，并且实现了互联网远程教育。

图 5 - 2　召庙中学（摄于 2007 年 6 月 19 日）

图 5 - 3　召庙中学计算机室（摄于 2007 年 6 月 19 日）

召庙中学现有学生 710 人，有教职员工 47 人，其中专任教师 40 人。从教师的学历结构上看：本科以上学历 10 人，大部分是从内蒙古师范大学进修"后本"毕业的；大专学历 34 人，主要是从河套大学毕业应聘而来的；中师学历 3 人。从职称结构看：中学高级教师 2 人，中级教师 28 人，初级教师 17 人。从年龄结构上看：教龄未满 10 年的年轻教师近 10 人。召庙中学师资队伍比较庞大，但是存在一个严重的问题：2006 年普遍开放英语教学以来，英语教师奇缺，多数英语老师是"自修、自学，半路出家，充充数量"，正规英语专业毕业的教师基本不存在。不仅召庙中学如此，整个杭锦后旗的乡村英语教学也是如此薄弱。

召庙中学 2001 ~2005 年连续五年被旗教育局命名为"目标管理超标单位"，2002 ~2005 年连续四年中考成绩居全旗农村中学第一，连续四年升入奋斗中学人数居全旗农村中学第一，其中：2001 年 45 人，2002 年 53 人，2004 年 66 人，2005 年 51 人。相信以后的日子里，召庙中学的教学质量还会蒸蒸日上。

多年来，召庙中学在教师的管理和师资培训方面积累了丰富的经验，具体有以下几点：

（1）加强教学理论学习。现代教学需要有科学的理论指导，没有现代教学理论的教师是不合格教师。教学理论的学习主要通过 6 条途径来完成。一是专家讲座，每学期教务处定期邀请教育专家来校讲学；二是集体学习，学校每月一次集中学习，时间不少于 1 小时，由学校领导和骨干教师组织实施和监督；三是分组学习，以教研组（或备课组）为单位，每周集中一次，时间不少于 1 小时，由各教研组长（或备课组长）主持；四是教师自学，每学期教务处向教师推荐自学书目，要求每位教师一学期读完 1～2 本教育理论书刊，写读书笔记不少于 1 万字，交读书心得一篇，不少于 3000 字，期末交教务处；五是学校每年对青年专任教师，组织专业知识和教育理论的考试；六是督促青年教师提前做初三试题和综合练习题，并在假期为他们布置作业，使其业务水平尽快提高。通过这 6 条途径的学习提高教师的教学理论水平，为提高教师教学能力打下坚实的基础。学校加大了教学科研经费的投入，对教师获奖或发表论文以及优秀教学科研成果给予奖励。

（2）抓好业务培训和高学历进修。采取"走出去、请进来"的办法，增加教师学习的机会，每学期按照教学实际需要分派教师外出参加教学活动，每年毕业班教师外出考察学习一次。同时，请外校的优秀教师及专家来校上课或介绍经验，开阔教师的眼界，发现不足。教师在学习和实践中积累知识和经验，在总结和反思中提升自己，使教师真正成为自己专业发展的主体。同时，为了提高教师的学历层次，在不影响正常教学的前提下，学校鼓励教师"本科函授"学习，大多数教师选择内蒙古师范大学进修，利用寒暑假期学习，以保证个人素质不断提升。

（3）约继续实施"班主任工程"、"优师工程"、"名师工程"，为年轻教师的成长搭建平台。通过实施这三项工程，培养了一大批在教育教学工作中起骨干、示范作用的优秀教师和一批教育名师。具体做法是"突出重点、分段培养"：青年教师要"三年过五关"，即第一年过教学和班级管理入门关，第二年过常规教学和班级管理合格关，第三年过教育教学达标关。在具体实施过程中，对 30 周岁以下的青年教师，要求通过跟踪课、汇报课、达标课、合格课、公开课、展示课，以旗、市级优质课、教坛新秀作为努力争取的重点目标；对 30 ~45 周岁的中青年教师，要求以市级优质课、市级学科带头人作为努力争取的重点目标，最终向"全能型"教师发展；对 45 周岁以上的中老年教师，以总结经验，搞好教科研，培养青年教师作为工作的重点。学校以"师徒结对"为具体操作方式，为各年龄段教师积极创造相应的条件，搭建促进教师成长的平台。在三年内，涌现 5 ~10 名旗级学科带头人或市级优质课一等奖，1 ~2 名市级学科带头人，每个学科要有 2 ~3 名旗级以上教坛新秀，2 ~3 名市级优质课一等奖，并以此带动和培养出一大批青年骨干教师。开设"名师论坛"，聘请旗、市内外名师来校座谈交流，通过听课、说课、评课，对年轻教师的课堂教学进行诊断和改进。通过旗教育局向旗内外招聘优秀教师到校任教，吸引本科学历层次的教师甚至高级教师来校工作。

（4）以《召庙中学三年发展规划》为依据，以"教师教育网络联盟"为载体，整合优质教师教育资源。并运用远程教育手段参与教育局集中培训和校本研修等多种形式，充分发挥"人网、天网、地网"的优势，使教研和培训有机结合。

这些好的管理和培训教师的办法，使召庙中学在全旗乡村中学教育中一直处于领先的地位。

中学毕业后，召庙中学的学生主要有三个去向：成绩好的学生考入杭锦后旗奋斗中学；成绩一般的进入杭锦后旗职业教育中心学习；一部分学生离开学校，有的回家务农，有的外出打工。

奋斗中学位于内蒙古自治区巴彦淖尔市杭锦后旗陕坝镇，

是一所历史名校，由著名爱国将领傅作义先生于1942年在抗日烽火中创办。1958年10月被确定为自治区重点中学；1961年更名为"杭锦后旗第一中学"，是区、市、旗三级重点中学；1989年恢复"奋斗中学"校名。经过60多年的发展，现已是内蒙古自治区"爱国主义教育基地"、内蒙古自治区"教育先进集体"、"内蒙古自治区示范性普通高级中学"。

奋斗中学占地总面积为262930平方米，总建筑面积100000平方米，学校现有105个教学班，其中84个高中教学班，21个初中教学班，在校学生7200余人，现有教职工434名。学校有一支优秀的教师队伍，其中特级教师2名，高级教师60名，中学一级教师90名；国家级骨干教师1名，全国教学能手2名，区级骨干教师4名，区级学科带头人2名，区级教学能手9名，市级教学能手76名。

奋斗中学的办学理念是：学生为本、教师强校、科研兴校、品牌立校。办学目标是"全面＋特色，合格＋特长"。在先进教育理念的引领下，学校各项工作都有了长足的发展，2005年秋季高考"重点上线"212人，"本科上线"1243人，均居全市第一，其中本科升学率48.9%，高考升学率98.9%。

杭锦后旗职业教育中心成立于1999年7月，是由四所中专学校和二中、四中职高部组建而成的一所职业学校，是杭锦后旗唯一一所集中等职业教育、电大学历教育、小学教师继续教育等各类培训为一体的综合性职业学校。职教中心占地50亩；现有教职工168名，其中高级教师16名，讲师及中学一级教师52名；本科学历教师79名，其余全部具有大专以上学历。职教中心现有教学班46个，学生1748人，开设有初中音乐、体育、美术特长班，还有职高班、短期就业培训班、普高班、电大专科、本科"开放教育班"。职高班面向市场需求，灵活多样地设置专业。现有音乐、体育、美术、计算机、幼师、财会、畜牧、乳品、英语等十几个专业。职教中心建校以来，取得了显著的成绩。学生高考升学率逐年上升，2003 年达到 93%，2004 年高考各专业本科上线率达 22%，上线人数达 58 人，专科上线率达 100%。2005 年高考再创佳绩，本科上线 67 人，重点本科上线 28 人，本科上线率为 21%。

三 村民教育

课题组对继丰七社 163 人的文化程度进行了调查，如表 5-2 所示。

表 5-2 继丰村村民文化程度统计

单位：人

调查人口		村民（总计 140 人）						在读学生（总计 23 人）			
		文盲	小学	初中	高中	本科	本科以上	小学	中学	高中	幼儿园
男	85	2	14	37	11	11	1	2	4	2	1
女	78	12	20	224	4	4	0	7	6	1	0
总计	163	14	34	61	15	15	1	9	10	3	1

结合表 5-2 可以看出：文盲程度的年龄段主要在 42～76 岁，女性占的比例较大，最小年龄和最大年龄文盲都是女性，可见，当时对于女性读书的重视程度远远低于男性。小学文化程度的人，现在都已结婚，而且又是女性占较大比例，其中，最小年龄是 23 岁的已婚两年的女性。现在在读的学生中，女孩的比例相对男孩来说，越来越大了。调查中，村民都极力赞同孩子们读书，无论是男孩还是女孩，

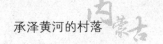

都希望他们上大学，做父母的都认为自己辛苦点算不了什么。其他村子的情况也大体相似。

继光小学的教师给村里举办过扫盲教育活动，按照杭锦后旗政府的要求，统一登记本村村民文化状况，对新中国成立以后出生和现年满 15 岁以上的村民作表登记。在农闲的季节，学校教师负责发放图书——《扫除青壮年文盲使用课本》、《实用科普知识》，还发本和笔，领到后回家自学，有问题到学校咨询，学习 1 个月左右后组织考试，内容主要是：生字、计算、应用文、便条和阅读；试卷也是旗政府相关部门出的。确实有认真学习的村民，成绩还不错，但这只是个别现象。大多数村民认为，现在学习已经晚了，让自己的孩子接受更多的教育就可以了，因此，该扫盲教育活动总体作用不大。

留在继丰村的青年人的最高文化程度为高中。村委会借中国科协针对农村青少年实施的"群英计划"作为全村宣传科普和推广实用科技的平台。双庙镇是"群英计划"试点镇，该计划的重点内容是针对 15～20 岁的农村校外青少年进行科普教育。自 2004 年该项目在双庙镇立项以来，受到双庙镇党委、政府的高度重视。自 2005 年实施"群英计划"项目以来，按照"培训青少年，辐射中青年，关注妇女界"的培训原则，至 2007 年采取集中培训和个别辅导相结合的办法，集中培训 370 人，个别培训 81 人，其中先后集中培训返乡青少年 260 人，经过培训使青少年都能掌握一技之长，为他们走上社会发挥聪明才智奠定良好的基础。另外，该项目辐射全镇 90% 的中青年和妇女，为提高全镇群众的科技素质起到了良好的带动作用。与此同时，每年进行冬春季科技培训工作，通过请科技人员讲座、科技培训、试验示范、服务上门等方式，把先进的种植品种、养殖品种，先进的种植方式、养殖方式，先进的疫苗防治知识和方法传授给农户，进一步提高了广大农民的科技意识和科技素质，转变全镇农民的生产经营观念，以促进农业增效、农民增收，加快全镇新农村建设步伐。

四 教育存在的问题

继丰村的教育工作存在的问题主要有以下几点：

（1）教育投入仍有缺口，部分学校的基础设施有待进一步改善。继丰村寄宿学生的生活很令家长担忧，原来就读本村的时候，孩子身体很健康，很少生病，现在总是吃药，经常感冒，伙食也不好，主要是包子、馍馍和汤，或者发一袋便宜的方便面，让学生干吃。

（2）教师队伍建设还存在薄弱环节，在适应新形势、掌握新知识和深化教改等方面还需要进一步加大力度。近几年，由于编制数限制，新毕业的大学生无法吸收到农村学校工作，教师队伍缺少新鲜血液，多年形成的教师结构不合理的问题得不到进一步解决。

（3）近些年来，随着农村生活水平的提高，以及多数独生子女家庭结构的普遍化，村民对子女教育的各方面标准不断提升，农村学生进城择校风气蔓延，导致城乡教育发展不平衡。

（4）城乡英语教学差距很大，严重影响教学质量。继光小学一直就没有设置过正规的英语教学，主要是没有相应的师资。二支小学三年级设置了英语教学，但教材落后、教师水平有限，升入初中的学生较其他城镇学生的英语水平有明显的差距。

第三节　医疗卫生

一　医疗卫生概况

由于生活和生存环境、传统观念、生活习惯、医疗卫生条件以及经济等因素的影响，和中国北方大多数农村相似，继丰村的医疗卫生事业相对比较落后，人们的疾病防治意识普遍淡薄，缺乏对待和治疗疾病的科学态度以及相关的基本知识，在推行"新型农村合作医疗制度"之前，也没有形成科学、有效、健全的农村医疗卫生制度，因此在常见病、多发病的防治方面存在许多问题，给人们的健康带来了许多不利的影响。随着"新型农村合作医疗制度"的实施和不断完善，相信这里的医疗卫生事业和全国广大农村一样，会呈现出崭新的面貌。

根据我们对继丰村大夫闫生富的访谈得知，继丰村近些年比较常见的疾病，除了最平常的感冒外，主要有消化系统疾病和心脑血管疾病，如肠胃炎、高血压、心脏病、各种类型的腰腿疼、关节炎、季节性出现的呼吸系统疾病、各种类型的妇科病，还出现了糖尿病病例。另外，近些年各类癌症的发病率呈明显的上升趋势，特别是继丰七社，成为癌症高发区。

消化系统疾病一直是这里的常见病，尤其是肠炎、胃炎和痢疾。通过村民、医生的解释我们发现，造成这种现象的原因比较复杂，主要有：第一，饮用水的水质问题。这里没有自来水，人畜饮用水全部来自压水井抽取的地下水。由于压水井的深度一般都在 10～18 米，属于浅层地下水，极容易受到污染。而这些年农业生产中的农药、化肥残留日益严重，加上村里没有集体厕所，不少农户的简易厕所距离压水井较近，以及对牲畜粪便没有进行科学有效的管理等，浅层地下水受到了较大的污染。第二，饮食习惯问题。一是不注重饮食的营养搭配。如春夏一般较为清淡，而秋冬则大量食肉，特别是猪肉和羊肉，蔬菜较少且单调；蛋、奶的摄入量非常低，尤其是奶类食品，除了少数老年人和婴幼儿外，绝大多数中青年人基本从不食用。二是饮食不规律。继丰村的人不管是农忙还是农闲，一般都很少吃早餐；农闲时一般是在上午9点左右和下午4点左右吃饭共两顿饭；农忙时就更没有规律了，吃饭一般都在中午和晚上，而且都极为简单。三是不太注意饮食卫生。如厨房的条件一般都比较差，尤其是夏、秋季，很多人家都用简易的炉灶做饭；不少人都喜欢喝生水，特别是在农忙和盛夏天热的时候；碗筷等餐具一般都不消毒；蔬菜也不注重彻底清洗；食用已经变质的食物等。由于上述一些主要原因，消化系统疾病呈现出普遍性、季节性的特点，不少中老年人都患有被当地人称为"老胃病"的各种类型的顽固性胃炎。

高血压、心脏病等心脑血管疾病的发病率，近些年呈上升趋势。发病人群主要集中在中老年村民中，而且有逐渐年轻化的趋势。究其原因，除了上面谈到的饮食方面的原因外，还与一些不良的生活习惯有关，如超过80%的成年男性村民都吸烟，甚至个别成年女性也有吸烟的。此外，由于人们整体生活水平的普遍提高，肉食的比例大大增加，尤其是继丰村人基本上都以食用猪油为主，食用胡麻油、葵花油等植物油相对较少。

季节性出现的呼吸系统疾病，集中发生在冬、春两季，主要是由于当地的气候原因所致。这里的春季和冬季，不但气候寒冷干燥，而且风沙大且频繁。特别是到了每年的浮尘、扬沙及沙尘暴多发季节，这里的"沙害"都特别严重。这些都对人们的呼吸系统构成严重威胁，如不注意防范，极容易患气管炎、肺炎、咽炎等呼吸系统疾病。而继丰村人由于对这样的气候条件已经习以为常，所以常常疏于防范，尤其是到了春季，人们还不得不在这样恶劣的天气下劳作，因此成为呼吸系统疾病的高发期。

继丰村的妇女自我保护意识淡薄，而且由于医疗条件所限，没有办法做定期体检，加上不太注重个人卫生，农忙时劳动强度大，身体的免疫力较低，更易患一些常见的妇科病，如盆腔炎、宫颈糜烂、宫颈炎、月经不调和阴道炎等。这些疾病，由于往往不太容易引起人们的重视，成为危害妇女健康的主要潜在威胁。

此外，由于农忙时人们的劳动强度特别大且集中，尤其是春种和秋收季节，连续性的强度劳作往往使人们的体力损耗达到极限甚至严重透支，又难以得到及时的修养调整，所以很容易患腰腿部位的疾病，患病人数占到了村里成年人的40%以上。

继丰村已经有很多年没发生大规模的流行性疾病，这主要是因为各级政府的防治力度大，措施得力。如对婴幼儿的防疫工作，由乡计划生育办公室、乡卫生院联合组织实施，适龄儿童的脊髓灰质炎、乙肝、百日咳、白喉病、破伤风等各种疫苗都是免费注射，近些年的注射率都保持在百分之百。

在调查中有一个突出现象引起了我们的注意：截至调

查结束时我们发现，在仅有 200 多口人的继丰七社，近 3 年确诊患各类癌症的就有 15 人，其中胃癌 11 人，已死亡 10 人；肺癌 1 人，已死亡；直肠癌 1 人，已死亡；肾癌 2 人，还在治疗。此外，这个村还有 16 名村民存在腿疼、胳膊疼、头疼却又无法得到确诊的疑难病症。如此高的癌症患病率和疑难病症，明显高于当地的平均水平。这一现象不但使这个村的村民人心惶惶，也引起了当地政府的高度重视，继丰七社多次向有关部门提出申请，对村民普遍存在疑虑的饮用水质进行化验，但一直没有令人信服的科学结论。

继丰七社位于双庙镇西南部，乌兰布和沙漠东部边缘。53 户常住村民分成相距不远的 4 片居住，相对比较分散。在村子的西南面、紧邻乌兰布和沙漠边缘，有一个被村民称为"召坑"的小湖（见图 5-4），面积为 4~5 平方公里。关于这个湖的成因，据村里年纪最大的老年人讲，当初是建土召湾庙时挖下的一个大坑。后来人们将黄河水灌入，就变成了一个湖。湖里芦苇非常茂盛，有四五米高；水里有大量茂密的水草，还有成群的野鸭和鱼类。村民一致反映，新中国成立以后，人们经常能在夜深人静时听到一个非常沉闷的"哞哞"的叫声，还有特别巨大的吸水吐水的声音，后来召坑水域缩小之后，就再听不到这个叫声了。这个不明物种的声音，无疑又给古老的召坑增添了很多神秘色彩。过去由于农田排水较多，湖的面积比现在要大，水质还可以，里面有不少草鱼和鲤鱼。近几年由于节水灌溉的实施，排水减少，水面迅速缩小，水质也急剧下降。据村民介绍，湖底有很厚的黑色淤泥，每到春天，经常散发出阵阵恶臭。因此，绝大多数村民都认为，"召坑"是造成水质污染、患癌症多的罪魁祸首。就在我们结束最后一次调查的时候,双庙镇人民政府又一次向杭锦后旗防疫站发出了《对双庙镇继丰村七社癌病患者和疑难病患者多的现象进行科学鉴定的函》。另外,据村委会和双庙镇政府的相关人员透露,镇里正在筹划为继丰七社解决自来水的问题。相信在各级政府的关怀和努力下,这一人们迫切关注的、关系到群众健康安全的问题,一定会很快得到妥善彻底的解决。

图 5-4　召坑(摄于 2008 年 7 月 24 日)

二　合作医疗

就医方面,在实行"农村合作医疗"制度前后发生了很大变化。

实行农村合作医疗制度之前,继丰村人的医疗情况可分为三个阶段:第一阶段,20 世纪 60 年代中期以前,这一阶段村民患病,一是找当地的土郎中或游方郎中;二是自己或找附近的一些所谓有经验的人按照土方或偏方治疗,或是找

"巫医"采用巫术治疗，所以治愈率较低而死亡率较高。第二阶段，20 世纪 60 年代中期到 20 世纪 80 年代，随着农村医疗条件的逐步改善、医疗知识宣传力度的加大和封建迷信思想的破除，特别是 1965 年 6 月 26 日，毛泽东主席代表党中央发表了《把医疗卫生工作的重点放到农村去》的指示（简称"6.26 指示"），广大农村地区开始建立起由县（旗）—乡（当时为人民公社）—村（当时称大队）三级医疗机构组成的较为科学的医疗体系和制度（当时村里的医生被人们称为"赤脚医生"。本村的闫生富大夫就是当时大队的赤脚医生，从 1967 年 22 岁时开始从医，到现在已经有 40 多年的从医经历，为当地人们的健康和医疗卫生事业作出了应有的贡献），使农民就医的环境和条件有了进一步的改善。第三阶段，20 世纪 80 年代以后到合作医疗制度实行之前，这一阶段随着改革开放和农村联产承包责任制的推行，随着农村经济的持续发展，农村的私人诊所不断出现，医疗条件和技术也不断改善，农民的健康状况有了进一步的保障。

然而由于传统观念等因素的影响和制约，这里的人们对于感冒、痢疾一类的常见病，一般还是采用一些民间土方来进行防治，如用醋熏、扎针、服食烧或煮熟的大蒜，或者自己买一些药来服用，只有自己治疗不见效或病情较重时，才去村里的诊所或去附近较大的医院治疗。即使是近几年实行了农村合作医疗制度，村民也很少因这类病而直接上正规医院，一是认为这都是"小病"没有必要或怕麻烦，二是因为去正规医院看病，花费较多。只有得了大病，才到正规的大医院就诊。但就总的情况来看，新型农村合作医疗制度的建立和实施，确实给农村的医疗体系和制度带来了根本性的变化，使农民"看病难"和"看不起病"的问题得到了很大的改善，使农民从中得到了越来越多的实惠，农民的健康有了更加有力的保障。

继丰村所在的双庙镇的"新型农村合作医疗制度"，是在杭锦后旗进行了两年试验的基础上开始推行的，已经有了一些成功的经验可供借鉴，加上镇政府的领导有力和措施得力，所以进行得比较顺利，也基本达到了预期目的。根据旗委、旗政府的有关指示精神，再结合本镇 14 个村的实际情况，2005～2007 年，双庙镇党委、政府先后出台并下发了《关于成立双庙镇新型农村合作医疗管理委员会的通知》、《关于成立双庙镇新型合作医疗监督委员会的通知》、《双庙镇新型农村合作医疗试点工作实施方案》、《双庙镇二 OO 七年新型农村合作医疗工作实施办法》等一系列文件，建立了科学有效的组织机构，加强了对新型农村合作医疗工作的领导、管理和监督；明确了新型农村合作医疗工作的目标、原则和基本要求，保证了新型农村合作医疗工作沿着正确的方向持续发展；制定了新型农村合作医疗工作的具体实施步骤和保障措施，确保这一工作有效、有序地开展并最终达到预期目的。

从 2006 年开始到我们的调查结束，继丰村的所有常住人口和大部分外出务工人员都参加了农村合作医疗。村民们普遍对农村合作医疗制度表示欢迎并积极参与，认为这一制度的实施切实解决了农民看病难的问题，特别是基本解决了农民因患常见病、地方病而出现的因病致穷、因病返贫问题。尤其是随着农村合作医疗统筹基金补偿金额（即报销比例）的逐年增加（见表 5－3～表 5－5），使农民从中得到了越来越多的实惠，参加合作医疗的积极性越来越高，农民的健康意识也得到了强化，健康知识不断普及，健康水平明显提高。

表 5-3 2004 年统筹基金补偿办法

单位：元，%

	旗　内		旗　外	
费用分段	乡镇补偿比例	旗级补偿比例	费用分段	补偿办法
300~1000	25	20	1000~2000	15
1001~2000	30	25	2001~3000	20
2001~3000	35	30	3001~4000	25
3001~5000	40	35	4001~5000	30
5000 以上	45	40	5000 以上	35

表 5-4 2006 年统筹基金补偿办法

单位：元，%

费用分段	补偿比例		
	乡镇级	旗县级	旗外
1000 以下	40	30	20
1001~3000	45	35	25
3001~5000	50	40	30
5001~10000	55	45	35
10000 以上	60	50	40

表 5-5 2007 年统筹基金补偿办法

单位：元，%

乡镇级		旗县级		市级		市域外	
费用分段	补偿办法	费用分段	补偿办法	费用分段	补偿办法	费用分段	补偿办法
100.1~500	45	300.1~1000	35	500.1~3000	30	600.1~3000	25
500.1~1500	50	1000.1~5000	40	3000.1~5000	35	3000.1~5000	30
1500 以上	55	5000 以上	50	5000 以上	40	5000 以上	35

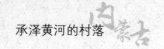

附：《双庙镇二○○七年新型农村合作医疗工作实施办法》

根据中共中央、国务院《关于进一步加强农村卫生工作的决定》（中发〔2002〕13 号）和国务院 101 次常务会议以及自治区在临河召开的全区新型农村合作医疗工作会议及旗 11 月 13 日召开的合作医疗工作的会议精神，结合我镇实际，特制定本办法。

一 原则、目标和基本要求

（一）原则

新型农村合作医疗制度是由政府组织、引导、支持，农民自愿参加，个人、集体和政府多方筹资，农民以户为单位参加，遵守有关规章制度，以大病统筹为主的农民互助共济制度。新型合作医疗制度遵循以下原则：自愿参加、定额缴费；财政支持、多方筹资；以收定支、保障适度；专款专用、专户储存；因地制宜、稳步推行，公开公平、民主管理。科学合理确定起付线、补偿比例和封顶线，既保证合作医疗制度持续有效进行，又使农民能够享受到基本的医疗服务。

（二）目标

要逐步建立并完善与当地经济社会发展水平的、农民经济承受能力和医疗费用相适应的合作医疗制度，以大病统筹为主，兼顾农民的受益面，重点解决农民因患常见病、地方病而出现的因病致穷、因病返贫问题。

（三）基本要求

1. 突出以大病统筹为主，对农民的住院医药费用进行补助，重点解决农民因患大病而导致的贫困问题。

2. 以旗级为单位统筹，形成以旗县为主的管理体制，增强抗风险能力和监管力度。

3. 赋予农民知情权、监督权，体现公开、公平和公正性。

4. 建立医疗救助制度，通过民政和扶贫部门资助贫困农民参加合作医疗。

二　参加对象及其权利和义务

（一）参加对象

凡是本镇农业户口的农民，均在本镇参加新型农村合作医疗。参加农村合作医疗必须以户为单位，按现户口在册人数，由镇、村审核统一办理登记注册等手续。外出打工人员（不含以农民家庭为单位参加新型农村合作医疗的人员）自愿参加新型农村合作医疗，经镇计生办和公安派出所确认，以镇为单位参加，由镇新型农村合作医疗办公室统一造册，到旗新型农村合作医疗办公室办理登记注册等手续。

（二）参加对象的权利

1. 享受新型农村合作医疗定点机构提供的医疗保健服务；

2. 按规定报销医药费用；

3. 对定点医疗机构的服务态度与服务质量有监督和投诉的权利；

4. 对新型农村合作医疗基金的使用情况有监督的权利，对违反基金使用规定的行为进行举报和投诉；

5. 可通过村民会议、镇人民代表大会，以及村、镇新型农村合作医疗管理体制组织以及监督组织，对新型农村合作医疗管理提出建议和意见并实施监督。

（三）参加对象的义务

1. 按规定及时足额缴纳个人所承担的缴款额度;

2. 自觉遵守和维护新型农村合作医疗各项制度;

3. 配合镇和镇卫生院做好新型农村合作医疗的宣传动员工作;

4. 不能在患病后才参加新型农村合作医疗;

5. 参加新型农村合作医疗的个人缴费部分,一经缴纳不得退出。

三 组织机构及管理职责

(一) 成立乡镇新型农村合作医疗管理委员会 (简称"乡镇合管会"),由镇长担任主任,卫生院院长担任副主任,财政所、农经部门等相关人员和部分合作医疗的村民代表组成。负责本地区合作医疗的组织协调、管理和监督工作。乡镇合管会下设办公室,受旗合作医疗办公室业务指导,人员由当地政府调剂解决,负责乡村两级合作医疗管理事宜,人员和办公经费列入同级财政预算。乡镇合管会职责:执行上级合管会各项管理规章制度;负责管理当地参加合作医疗农民家庭账户基金;协调收支合作医疗基金个人缴费部分,具体落实旗合作医疗办公室划拨的补助资金;组织制定当地合作医疗项目的实施细则和规章制度,定期公布合作医疗基金账目;督促本地区卫生院对合作医疗有关的业务技术人员进行培训和考核。

(二) 成立乡镇新型农村合作医疗监督委员会。乡镇党委书记任主任,由乡镇人大、纪检、卫生、财政、部分村支书、村民代表组成,负责本乡镇合作医疗的监督工作。

(三) 成立新型农村合作医疗管理小组,由村民委员会负责人、群众推荐并参加新型农村合作医疗的农民代表组成,协助镇新型农村合作医疗管理委员会开展新型农村合作医疗的各项工作。

四 资金筹资与管理

实行农民个人缴费、集体扶持和政府资助相结合的筹资机制，同时鼓励企业、社会团体和个人捐资等多渠道筹措资金。

（一）筹资渠道

1. 参加新型农村合作医疗的农民每人每年缴纳10元；

2. 自治区、市、旗三级财政按10∶5∶5的比例对参加新型合作医疗的农民每人每年补助20元；

3. 中央财政对参加新型农村合作医疗的农民每人每年补助20元；

4. 持证计生独女户参加新型农村合作医疗，由计生部门补助10元。

（二）收缴方式

1. 农民个人缴费由镇政府代收，开具财政部门统一印制的专门收据，收集后及时缴到旗新型农村合作医疗基金专用账户。

2. 各级财政支持资金，由旗财政根据参加新型农村合作医疗的实际人数，按标准及时足额划拨到新型农村合作医疗基金专用账户。

（三）收缴期限

农民个人缴纳的下一年度基金在当年12月底前收缴完毕，并办理好一切手续。规定期限、集中缴纳、过期不候。参加新型农村合作医疗的农民需按要求缴纳合作医疗资金，如有间断，取消大病统筹基金补偿资格，其家庭账户基金可继续使用，但不可抵顶次年缴纳的合作医疗基金。

五　资金的分配和使用

（一）新型农村合作医疗基金由家庭账户和大病统筹账户两部分构成。

1. 个人缴纳部分按每人5元记入家庭账户。

2. 大病统筹账户基金由各级财政提供的支持资金加上基金储蓄利息、个人缴纳部分按每人5元划入大病统筹账户基金。

（二）家庭账户基金用于报销参加新型农村合作医疗的农民在本镇卫生院就医的门诊医药费用。

（三）大病统筹基金分为住院医药费用补偿基金、门诊慢性病补偿基金和风险基金三部分。

住院医药费用补偿基金用于按比例补偿参加新型合作医疗农民在起付线以上，并在公立医疗机构发生的住院医药费用的基金。

门诊慢性病补偿基金是每年从大病统筹基金中，划出20万元用给门诊医药费用超过1000元的癌症化疗、慢性肾病、脑中风后遗症、肺心病、糖尿病、冠心病、慢性肝炎、肝硬化的患者。年末根据患病人数和医药费支出情况按比例进行资金补助。

凡享受农村合作医疗的农民，镇合作医疗办公室、村合作医疗管理小组要继续采取张榜公布等形式，对补偿比例、补偿对象及补偿额实行报销前公示、报销后公布的合作医疗基金收支情况，保证农民参与知情和监督权利，确保合作医疗制度的公平、公正、公开。卫生院必须按照自治区统一制定的《内蒙古新型农村合作医疗基本药物目录》使用药物。镇合管会和监督委员会将不定期组织有关部门、有关人员对合作医疗基金的筹资和使用情况进行审计和检查。

六　补偿办法

（一）门诊医药费用补偿。参加新型农村合作医疗的农民在户籍所在地镇卫生院门诊就诊时，所花医药费用凭新型农村合作医疗证直接核减。门诊医药费以家庭为单位核减，超支不补、结余可转下年继续使用，但不能抵顶当年个人缴纳。

（二）镇卫生院在为参加新型合作医疗农民诊疗时使用一式两联的专用处方，经就诊农民确认无误后签章，并将本次所发生的费用分别登记于合作医疗台账和合作医疗证上。镇卫生院凭就诊农民的处方经镇合管办审核、记账，按月到旗新型农村合作医疗管理委员会办公室办理相关的审批和核销手续。

（三）住院医药费用补助比例、额度和范围

1. 住院医药费用补偿实行起付线上分段计算、定额补偿制。具体如下：起付线（予以报销的起始额度），镇级卫生院100元；旗级医院300元；旗外医疗机构600元；封顶线（最高补偿额）每人每年15000元。在不同级别医疗机构住院费用报销比例，如表5－4所示。

2. 中小学生参加新型农村合作医疗的住院报销费用，取消起付线，封顶线15000元不变，凡中小学生参加其他医疗保险的，同样可享受新型农村合作医疗住院补偿。

3. 新型农村合作医疗受益人住院分娩，另享受50元的医疗补助。

4. 住院补偿金以每次住院进行单独医疗补助，不累加计算，但一年内最多补助15000元。

5. 参加新型农村合作医疗的农民，两年内未报销门诊及住院医疗费用的，由本镇卫生院免费体检一次，体检项

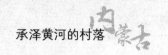

目由旗新型合作医疗办公室核定。所需费用由旗新型农村合作医疗办公室根据实际从大病统筹基金中支付。

（四）住院医药费用补偿。参加新型农村合作医疗的住、转院患者，医药费用先由个人垫付，出院后凭镇新型农村合作医疗办公室住、转院证明和公立医疗机构的诊断证明、医疗费用清单、病历复印件、财政部门统一印制的专用发票和合作医疗证及身份证或户口簿复印件，由经治定点医疗机构按规定进行审核，当场返还应报销费用，再经镇、旗合管办审核，将应报销费用划拨到医疗机构账户，不合理的报销费用由医疗机构自己承担。经审批到旗外公立医疗机构住院者，出院后，凭上述报销手续到旗新型农村合作医疗办公室审核报销。

（五）门诊慢性病补偿。在规定病种的范围内一年未患病者，持新型农村合作医疗证复印件、公立医疗机构的诊断书、财税部门统一印制的发票和个人申请、村级证明，到户籍所在地新型农村合作医疗办公室初审后，报旗新型农村合作医疗办公室按住院补偿程序予以报销。

（六）有下列情形之一者，医药费不得在新型合作医疗基金中报销。

1. 未参加合作医疗者的医药费；

2. 未在指定医疗机构诊治的住院医药费用；

3. 未经批准转诊发生的医疗费用及非诊断所需的检查费用；

4. 计划生育手术及并发症费用；

5.《内蒙古自治区新型农村牧区合作医疗基本药物目录》以外的住院药费等。

（七）实行逐级转诊制度

1. 参加新型农村合作医疗的农民因病需要住院的，可以在本旗定点医疗机构内自主选择医疗机构就医。需转旗外医疗机构住院治疗的，必须转入上级以上（含一级）公立医疗机构，由旗医院出具病史摘要和转诊证明，经旗新型农村合作医疗办公室批准，方可到旗外医疗机构就诊。否则不能享受大病住院补偿。

2. 急症转院的应当在3个工作日内补办相关手续。

3. 参加新型农村合作医疗的农民外出或居住在旗外，因病需要在旗外医疗机构住院治疗的，在住院3个工作日内，以电话或传真形式在旗新型农村合作医疗办公室备案，出院后方可享受补偿。

4. 转诊者可双向转诊，转出转入视为一次性住院，医疗费用合并计算。

七　实施步骤

第一阶段（2006年11月15～25日）：合作医疗基金筹集阶段。新型农村合作医疗工作去年实行了试点工作，已具备了一些基础和经验，所以今年该项工作要从现在开始到11月底前完成筹集合作医疗基金个人交费部分，并统一缴入旗财政。收缴基数基本以各村计生人口为基数。

第二阶段（2006年12月份）：填表验证阶段。今年由于进行了第二代居民身份证的换领，有些个人可能存在身份证号码的变化，各村社在填写表格时特别注意以新的身份证号码为准，合作医疗证编号及编法与去年相同。双庙镇06、富民村01、继丰村02、二支村03、建正村04、增光村05、黄家滩村06、尖子地村07、太荣村08、太华村09、新建村10、永明村11、三淖村12、五一村13、五丰14、太阳庙农场15。

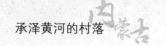

第三阶段，从 2007 年 1 月 1 日开始本年度的农村合作医疗运作。

八　保障措施

（一）明确职责，密切配合

建立合作医疗制度是帮助农民抵御重大疾病风险的有效途径，是推进农村行政管理改革与发展的重要举措，政策性强，涉及面广，各村卫生院要高度重视，加强领导、落实政策措施，积极稳妥做好逐项工作。

（二）努力改善农村卫生服务条件，提高服务质量

要把合作医疗工作同农村卫生改革有机结合起来，大力推进旗、镇、村三级农村卫生服务网络建设，改善基础设施条件，建立健全农村卫生服务体系，提高农村医疗卫生队伍素质和综合服务能力，完善农村卫生管理体制，调整布局，强化功能，重点加强卫生院建设，改善镇卫生院基础设施和设备条件，深化农村医疗机构内部运行机制改革，引入竞争机制，增强活力，加强行业作风建设，转变观念，端正服务态度，千方百计地为农民节约合作医疗经费，使有限的资金发挥最大的效益。

（三）强化培训

搞好合作医疗管理队伍建设。卫生院要围绕农村卫生的相关政策以及合作医疗的方案、设计与补偿测算、管理和监督、评估与调查，举办新型农村合作医疗管理人员和卫生服务人员培训班，进一步统一思想、保证质量、积极稳妥地推进合作医疗试点工作。

（四）加大宣传力度，提高农民群众参加合作医疗的比例

各村在卫生院配合下，在全镇范围内不断开展合作医

疗宣传阵地，采取多种形式，大张旗鼓地宣传合作医疗的
有关政策及规定，使广大群众懂政策、明程序，确保此项
工作顺利开展。

双庙镇人民政府

二〇〇六年十一月十四日

第六章　继丰村新农村建设

一　新农村建设政策

2005 年 10 月十六届五中全会通过的《十一五规划纲要建议》中，将社会主义新农村建设作为一项很关键的新政策提出。它主要包括"生产发展、生活宽裕、乡风文明、村容整洁、管理民主"五项内容。它既包含了农村经济的发展，又包含了农民收入、生活质量的提高；既包含了农村整体面貌、环境的变化，又包含了农民素质的提升和农村基层民主建设等内容，是一个全面而完整的系统工程。

建设社会主义新农村是全面建设小康社会进程的一项长期任务，杭锦后旗旗委、旗政府从旗情实际出发，立足长期奋斗，力求长远谋划，创造性地组织开展"十个一"工程，即每个领导包联一个村（居委会），抓好一个新农村示范点，培育一项富民产业，帮扶一户贫困户，救助一名贫困学生，解决一批社会矛盾，建立一支宣传队伍，健全一套村民自治新机制，办好一项公益事业，组建一个就业服务指导站，建立一个农民专业合作组织。以此为载体，构建一套扎实推进新农村建设的长效机制，通过充分发挥领导层面的统领作用，努力营造全社会关心、支持、参与建设社会主义新农村的浓厚氛围。按照生产发展、生活宽裕、乡风文明、村容整洁、管理民主的要求，充分尊重农民意愿，着力解决农民生产、生活最迫切的实际问题，推进"五改、五建、三通、三化"工程。"五改"即改水、改电、改院、改圈、改厕；"五建"即建新房、建青储窖、建沼气池、建大棚、建小区；"三通"即通油路、通有线电视、通电话；"三化"即村庄绿化、庭院净化、巷道硬化。要因地制宜，以生态建设为核心，着力抓好新社区建设。

双庙镇新农村建设以村屯绿化为抓手，共建成高标准村屯绿化示范社 18 个，建成新农村示范引领村黄家滩村，在全镇开展了"三比四好"（三比：比收入、比奉献、比诚信；四好：好媳妇、好婆婆、好家庭、好邻居）文明竞赛活动。加大村容村貌的治理清洁力度，开展了大干 60 天的"三清三治三化"活动（三清：清垃圾、清路障、清柴草；三治：治脏、治乱、治差；三化：硬化、美化、亮化），在全镇形成民风淳朴、人人为环境出力的局面。

在新农村建设中，双庙镇继丰村也发生了巨大变化。继丰七社是继丰村新农村建设示范点，在新农村建设中起着带头模范作用。

二　新农村建设的具体内容

（一）生产发展

1. 修渠筑坝

河套平原渠道纵横，灌溉发达。黄河是总干，以下又分为干、支、斗、农、毛各级渠道。干渠以上是国管渠道，其他为地方管理。近年来，随着黄河水情的逐年紧张，水价上涨，农业生产成本日益增加，而双庙镇农田水利配套设施多为 20 世纪 70~80 年代修建，年久失修，现已严重影响双庙镇的农业生产。为此，加强农田水利基本建设已成为建设社会主义新农村过程中实施节水灌溉，并实现农业增效、农民增收的重要举措和必由之路。继丰村的灌溉渠道天生河，属分干渠。天生河分干渠下又分为斗渠、农渠、毛渠。每年村民都对天生河及以下各级渠道添加黄土、秸草进行修筑。风沙大的时候吹进河水的沙量不断增加，河渠水位由 3 米多下降到 2 米左右，每年都需进行程度不同的清淤，每次清淤约 20 万立方米。另外还进行桥涵口闸的修建（见图 6-1），封闭闸门，运用启闭机。现在连毛渠也修建了闸口。这样，就使闸口的启闭成为一项轻松的工作，也减少了灌溉用水的浪费。经过 2006~2009 年的建设，继丰村水利配套设施基本齐全。

图 6-1　闸口（摄于 2008 年 7 月 24 日）

2. 农业综合开发

按照"田成方，林成网，渠相通，路相连"的整体规划原则，继丰片区农田水利基本建设于 2005 年 4 月开始施工，修建主干路、机耕路和田间路 8 条，总长 10.8 公里，完成土方 3.2 万方；修建各类桥涵口闸等建筑物 107 座，新植杨大杆 7 万株；衬砌斗、农两级渠道（见图 6-2）2 条共 7.5 公里，投资 103 万元，农民投劳 1.8 万个工日，项目总投资 221 万元。先后发动全镇劳力 1216 人次，动用四轮车 580 台、推土机 3 台、挖掘机 1 台。施工中采取"三集中、五统一"，即集中领导、集中劳力、集中时间；统一规划、统一设计、统一施工、统一检查、统一验收。建筑物工程坚持"两定一优"方针，即确定合理的施工图，确定专业施工人员，达到优质的目的。农田基本建设配套后，渠、沟、路、林、田以及水利设施全面发挥效益，缩短了灌水

图 6-2 节水渠（摄于 2008 年 7 月 24 日）

时间，节约了用水量，改善了土壤结构，培肥了地力，使农业走上了良性循环生态农业的路子，形成了经济、生态、社会效益相统一的农业生产新格局。2004 年继丰片区农业综合开发 5000 亩土地，对 5000 亩土地全部进行平整、规划，实现路、林、田配套，衬砌渠 7.3 公里，开展农田水利大会战，共动用人工 15300 人（次），动用土方 10 万多方。

3. 养殖业的发展

继丰村高效养殖示范小区于 2002 年初就开始建设，小区建设地点为继丰四社。该社位于双庙镇正西端，东缘乌兰布和沙漠，全社有 209 口人，37 户，631 亩耕地。建设前原有绵羊 680 只，其中基础母羊 370 只，种公羊 6 只（寒羊），机具 2 台，窖池 6 座。通过强化建设，小区内现已购进优质基础母羊 190 只，总数达到 560 只，新购进德美种公羊 10 只，建成永久性窖池 35 座，暖棚圈舍 38 座，储草房 38 间，购回多功能揉碎机 11 台，种植优质牧草 320 亩。到现在为止，户均母羊达到 16 只，每只母羊按两年产 5 羔估算可创经济效益 500 元，每户家庭每年养羊收入可达到 8000 元，仅养羊人均增收 2000 元。另外通过进一步扶持完善，使养殖小区成为全镇农民学习科学养畜、脱贫致富经验的阵地。

为使养殖示范小区建设按时、按标准完成，镇里专门成立了由镇党委书记任组长的"继丰村高效养殖示范小区领导小组"，由镇长和一名副书记、一名副镇长、一名宣传委员负责抓此项工作，并建立包户责任制。镇财政拨出扶持资金 5 万元用于专项补贴，对小区建设起到了积极的推动作用。

（二）生活富裕

村书记王佐民提出，在土地特别有限的情况下，只有减少农民，才能提高农民收入。继丰村常年外出打工的人已经占到了总人口的 1/5，经济条件越差的村子，外出打工的人越多，这样土地才能流转，留在村子里的人才能通过承包土地增加收入。因此，镇政府和村里对外出打工是特别支持和鼓励的。外出打工的人一方面可以增加经济收入，另一方面可以开阔眼界、学到外面的先进东西，如了解市场动向、掌握市场管理经验等，创业领域更宽了。如以前继丰村人把西瓜卖给"二道贩子"，现在了解了销售渠道，也了解了市场，自己将西瓜运到目的地，中间环节减少了，利润增加了。为了提高农民的生活水平，继丰村采取了一系列举措。

1. 科普知识学习

双庙镇很注重对各村村民开展科普活动知识学习。2007年，镇里实施了"群英计划"项目（见图 6-3），在各村成立科普学习中心，全镇共成立 14 个，为全镇科普宣传和实用科技的推广起到了很好的媒介和平台作用。镇科普活动室全年免费向群众开放，每年接待学习、借书 4000多人次，查阅、借阅各种科技书籍 15000 多册，同时为各村学习中心提供各类书籍 1400 多册，从而极大地丰富了农民就地借阅图书的范围，也提高了人们学习科技实用知识的积极性。各学习中心更是利用贴近农民群众的优势，通过举办科技宣讲、观看科技光碟等时机，组织群众学习科技实用知识，也为指导群众使用实用科技创造了良好条件。

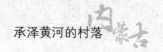
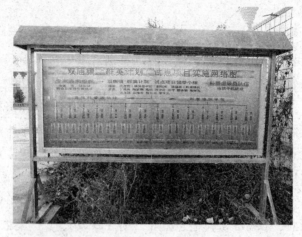

图6-3 "群英计划"图（摄于2007年4月8日）

新农民既是社会主义新农村的受益者，又是社会主义新农村的建设者。"要想富裕口袋，就必须先富裕脑袋"，2007年以来，双庙镇把新农民的教育培训作为一项主要工作来抓，制定出台了农民教育的计划安排、方案，培训内容上既有政策、科技培训，又有法律、精神文明、文化素质方面的培训，同时还根据不同季节选择不同的内容进行培训。形式上采取"以会代训"、"逢会必训"、室内培训和外出参观相结合的办法，全镇每年召开2次以上大型培训会，每村各社一年必须召开2次以上专门的农民教育培训，使农民受培训率达到98%以上，通过培训使广大群众实现"三个一"（即每户有一个种养殖明白人，每年能应用一项新技术，每户收入有一个明显提高），从而逐步提高农民群众的整体素质。

2. 医疗卫生

2004年，新型合作医疗制度实施以来，村民对其信任程度逐步加大。最初，很少有人参加，参合率仅5%，村里有人生了重病，住院、做手术花费了很多钱，由于参加了合作医疗，报销了一部分，很大程度上减轻了农民负担，因此其他村民也陆续参加了合作医疗，现在，新型农村合作医疗的参合率达到98%。根据杭锦后旗2006年参合农民住院就诊流向统计，32%的参合农民到乡镇卫生机构就诊，46%的参合农民到旗级医疗机构就诊，到旗及旗级以下医疗机构就诊人次占到总人次的78%。

近几年来，杭锦后旗通过采取强化宣传、改进补偿办法等措施，使新农村合作医疗工作得到了大多数农民的认可，缓解了农民因病致贫的问题，带动了旗镇医疗机构的发展。

3. 国家惠农政策的落实

积极争取并落实了国家支农、惠农项目资金，极大地鼓舞和调动了广大农民群众建设新农村的积极性。继丰村2006～2007年连续两年，争取到国家粮食直补（继丰村每年每亩15～25元）、良种补贴、机械补贴、柴油化肥补贴、"两免一补"、农村合作医疗补助、退耕还林补贴、扶贫和农村低保（继丰村低保对象有15个左右，每年每人补贴120元）等项目，两年累计达120多万元。这些资金拉动了民间和社会资金的投入，产生了良好的经济和社会效益，为农民群众信心十足地建设新农村吃了"定心丸"。

另外还鼓励剩余劳动力出去打工，以增加农民收入，实现剩余劳动力转化。主要方式有：一是要努力营造良好的转移就业环境。继续加大对农民的宣传教育力度，积极引导农民转变传统思维、改变择业观念，努力在全镇营造尊重、支持和帮助农民"走出去"的良好氛围，重点抓好农闲时的劳动力转移就业，使农民逐步成为农忙是农民，

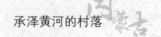

农闲外出打工的"复合型"农民。二是针对不同年龄段的剩余劳动力进行不同层次的培训，如对于未能升学的初、高中毕业生，要主动上门为其联系外出务工信息，帮助其"走出去"。对于年龄偏大、不适宜外出务工的人员，要帮助其在集镇内流通、农产品加工等企业安排就业，实现"离土不离乡"，就地转移就业。

4. 饮用水改造

从 20 世纪 70 年代到 2008 年，继丰村人喝的水都是从压井（见图 6-4）里压出来的，一般压井都有 10~15 米深，水味甘甜。但继丰七社的水似乎有些问题，村里有很多村民患癌症而亡，村民普遍认为主要原因是自己的饮用水受到了召坑的污染。

图 6-4　压井（摄于 2007 年 11 月 20 日）

令人高兴的是，2009 年 9 月，继丰村有一半的村民安上了自来水，供水设施全部是国家补贴，每户只花了 500 元的安装费。继丰村的水是从二道桥供水站铺设管道接过来的，符合国家饮用水标准。村民喝上了放心水，非常开心。

5. 沼气池的建设

双庙镇沼气池建设正在稳步推进，2007 年，黄家滩村和富民村有部分农民安装了沼气，每建一个沼气池需要4000～5000 元钱，国家给补贴 1500～1600 元，农民自己拿2/3。2007 年五一、五丰、太华三个村进行沼气池建设，共100 多户建沼气池，占三村总户数的 1/10。继丰村在 2004～2005 年以继丰九社为试点进行沼气池建设，结果村民反映"不太方便，用起来太费事"，沼气建设速度也慢了下来。镇长李登云说，我们还必须总结一套方便可行、适合本地区的沼气池建设方法，他预计 2009 年继丰村将进行大规模沼气池建设。

（三）乡风文明

1. "十个一"工程

2007 年双庙镇实施"十个一"工程，此工程是杭锦后旗旗委、旗政府提出的一项亲民、爱民、助民的"民心"工程。全镇 14 个村共投入帮扶资金 120.4 万元，救助大学生 14 名、高中生 1 名、兴办各类公益事业 27 件。"包村"领导按照旗委、旗政府安排，多次进村入户，结合新农村建设政策，对所包村从 10 个方面进行了帮扶，取得了令人满意的效果，受到了当地干部、群众的一致好评。

继丰村由计生局承包，计生局帮助村里搞"继丰七社村屯绿化示范社建设"，段文强局长为继丰七社秦彦峰联系助学贷款，并自己解囊资助其现金 500 元。帮助联系引进宁夏惠农脱水菜厂，规范了村规民约和村组公益事业"一事一议"制度，与群众开展了"三同"活动。

2. 文化娱乐建设

原来的继光学校订购了一些报纸——《教育报》和《巴盟日报》，供学生休息时间阅览，学生既可以扩展课外知识，也可以带回家给家长们看，但是，预期效果并不理想。同时，订购的期刊主要有《内蒙古教育》、《人民教育》。《人民日报》、《巴盟日报》，多数存放在学校。送报的人不及时，说好一星期来一次，实际一个月也来不了一次。村民很少有人能静下心来读书看报。村民业余时间的活动主要是打麻将，算不上是赌博，只是冬天农闲的一种娱乐。在继丰七社有 3 个小型麻将馆，馆长收取微薄的电费作为成本，免费供应茶水，不玩麻将的村民也来凑热闹，麻将馆相当于村民娱乐活动的一个场所。另外，继丰村的有线电视、电话等通信设施建设有了很大发展：2002 年村里统一安装了固定电话，平均每户每年花费 900 元（现在多数都不能使用）；95% 以上的村民都购买了手机，平均价格在700 元左右；同时又安装有线电视，能够接收到 15 个电视频道，每户每年收视费 80 元。

3. 各类协会的建立

继丰村自 2005 年以来先后成立了各类协会，有肉羊协会、番茄协会、脱水菜协会、水协会等。继丰七社脱水菜协会成立以来，积极鼓励动员会员种植以青、红椒为主的脱水蔬菜，建立脱水菜加工厂（见图 6-5）并探索出了一条帮助农民致富奔小康之路。各类协会的作用：（1）帮助企业建基地，发展特色农业；（2）聘请农业专家培训会员，转变农民观念；（3）加强技术指导，科学种植和管理，保证脱水菜增产又增收；（4）积极与企业协调解决部分农户购买"生资"困难，赊销种子、化肥、农药等生产资料；（5）出面担保与企业签订脱水菜收购保护价，减小农民种植风险；（6）经常组织农户与企业之间的对话，帮助解决企业与农户之间的矛盾。通过协会这个纽带与桥梁，密切了企业与农户之间的关系，实现了"企业加基地加农户"的产业链。

图 6－5　继丰村脱水蔬菜厂（摄于 2008 年 7 月 24 日）

4. 解放思想，破除迷信，提倡社会主义新道德

杭锦后旗双庙镇开展继续解放思想大学习、大讨论活动，要求下辖 14 个村及各社的党员带领群众进行解放思想的学习，张贴各种相关标语，提高群众觉悟，解放群众思想。

5. 改变落后的劳动习惯、生活习惯

如以前按照传统习惯种粮，现在则以市场为主。另外，农民更注意仪表，注意庭院卫生。

（四）村容整洁

继丰村的大部分村社进行了建设规划，但总的来说，住房建设还是比较分散，而且住房结构、大小、材质也不统一。除此之外，农副产品、肥料、柴草等随意堆放，脏、乱、差问题仍然存在，村民环保意识不强。

旗、镇、村正在重点开展"环城、环镇、环村、环路"的"四环"绿化工作，以植树造林、栽花种草、美化绿化为主，进行生态建设。从 2007 年开始，每月 15 日为"环境卫生清理日"，每社要在这天组织广大群众大搞个人卫生、室内外卫生及各村社大环境卫生（道路、圈舍、厕所），消灭卫生死角，营造整洁、安全、文明的生活和生产环境。同时各村也要成立相应组织机构，负责对各社的评比，并将每户的卫生情况分为"好、中、差"在各社公开栏进行公布，以此来督促农户自觉清扫卫生。

1. 绿化美化

2007 年，继丰村修建村中沙石路时，路两边种植了北京白叶杨，直径约 4 厘米，树干都涂染白漆来保护，两排杨树犹如整齐的卫兵守卫着村民。庭院内也进行了整顿：修猪圈、建凉房、盖牛羊圈，每家每户都按规定进行修建，院内修建得错落有致，实现了"三化"，即村庄绿化、庭院净化、巷道硬化。

2. 房屋规划

整个继丰村 10 个社，都进行了整体规划。住房、凉房、院落、厕所都不能乱建，已建成的要保持整洁，不能乱堆乱放柴草，并要保持院落卫生，净化、美化生活环境。黄家滩村和五一村是双庙镇新农村建设示范引领村，黄家滩村是旗级示范村，五一村是镇级示范村。各村村容、村貌的建设要求向这两个示范村看齐。

3. 修路、栽树

道路建设：从陕坝镇到双庙镇的道路都是柏油路，十分规整。道路两边是整齐的杨树，风景很好。从双庙镇到黄家滩一社也建成了柏油路。从黄家滩到继丰村以及继丰村村中道路全部是沙石路。沙石路一般宽 3~4 米，两边栽树，树坑低于路面，以方便排水，减少下雨路面积水。另外，杭锦后旗交通局已经立项，2010 年，要将继丰村沙石路全部改造成通村小油路。继丰七社是继丰村新农村建设示范点。通村绿化 2006~2007 年主抓，每年村里投入绿化资金 5000~6000 元，由其他村提供树苗，在通村沙石路边共栽树 5~6 公里；另外，为了提高成活率，将盐碱土换成红泥土，给新栽的树苗定期浇水。

（五）管理民主

1. 精简机构，转变政府职能

全面推进农村综合改革工作，极大地减轻了农民负担。双庙镇全部取消农业税，总计达 3305 万元，农民人均减负 146 元。同时，2005 年双庙镇被确定为"自治区乡镇机构改革试点"，乡镇由原来的 16 个撤并为 8 个，行政村由 138 个减至 108 个，继丰村就是由继光和丰光两村合并而来。通过机构改革，直接减少人员工资和公务费年财政支出 98 万元，间接减少费用 560 万元。村级干部精简 30%，继丰村干部也进行了调整，其结构如表 6-1 所示。

表 6-1　继丰村干部结构

姓　名	性　别	政治面貌	文化程度	职　能
王佐明	男	中共党员	高中文化	村支书（五社）
彭应国	男	中共党员	高中文化	村主任（七社）
朱美枝	女	中共党员	初中文化	计生主任（九社）
王孝多	男	中共党员	高中文化	村会计（五社）

撤销乡镇共收回 800 万元国有资产，拍卖后偿还部分乡镇债务。通过改革，从源头上遏制了农民负担反弹，在减轻财政负担方面起到了立竿见影的效果。并且科学规范地实行了"乡财县管"、"村财民理乡代管"的新财务运行体制；周密安排，积极开展农村义务教育体制改革；突出重点，加快农村医疗卫生改革；高度重视、稳步推进农村信用社改革。通过这些改革，极大地改善了行政事业单位的运转效率，为新农村建设构筑了基本框架。

2. "双链双推"民主管理工程

事业兴衰，关键在党。2007 年以抓好党务公开试点工作为切入点，以加强党员先进性教育长效机制为核心，双庙镇深入开展"双链双推"活动，结合党委中心工作，提出党建"三联四帮"活动。"三联"，即支部联协会、支部书记联会长、党员联会员；"四帮"，即帮种养殖、帮技术、帮信息、帮销售，以达到切实为百姓谋利的目的。

3. 村民自治，民主法治

健全村党组织领导的充满活力的村民自治机制，进一步完善村务公开和民主管理制度，让农民群众真正享有知情权、参与权、管理权、监督权。针对村级财务要做到按时按季公开，"给群众一个明白、还干部一个清白"。

加强村民普法宣传教育，增强村民法律意识和法制观念。认真执行《中华人民共和国村民委员会组织法》，抓好政务、场务、校务、村务公开，完善村民自治，保障并维护村民合法权益。进一步完善村规民约，建立、健全各项民主管理制度。

三　"新农村建设"存在的问题

（一）医疗卫生

自从加入合作医疗，闫生富大夫个体经营的诊所就医的人减少很多。闫大夫说，国家让农民加入医保是为了让农民得到实惠，可实际上却有不方便之处。农民不管有什么病，都得一级一级向上走，因为村医务室没有报销的权利。本村离乡又很远，有 13～15 里路，这样有时会耽误病情。闫大夫认为，合作医疗在农村再往下放一级，即放到村医务室最好。闫大夫说像继丰村的村民武小国，"心肌梗死，到乡里没法处理又到旗里，非常危险"。如果村医务室有医保，患者就可先到村医务室，严重的话直接送旗医院，这样可为患者赢得治疗时间。再者，闫大夫认为，对村个体经营医务室征收的工商税太重，2007 年春，"进货 2200元，一次收费就有 2000 元，希望国家把工商税降下来，乡里收卫生税、药监税，卫生局查营业执照"。每年共收 1 万元，三天两头收，是村级诊疗所面临的困境。闫大夫医术很好，但好多人认为在这里看病报不了账，所以来得很少。很多医术一般的诊疗所，则面临倒闭危险。

继丰村的厕所，卫生质量严重不过关，村民的厕所大多数建在房前屋后的一个角落里，用堆放的柴草遮掩，粪便到处都是，有时连落脚的地方都没有，夜晚就更不用说了，连"一个坑两块砖，三尺芦席围四边"都未达到，严重影响村民的身体健康。

（二）电信事业

有线电视安装了，收到的电视节目却是寥寥无几，其

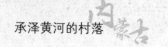

信号覆盖率仅为 20%。大多数农民是靠电视来接收外界信息，特别是农业市场信息，这样，收视故障就影响到村民的致富。同时还受到人员、资金限制，科学信息服务手段单一，难以解决信息距农民"最后一公里"的问题。

（三）农业综合开发项目

继丰村的耕地有限，没有形成特殊产业。农民收入主要来自种植业，主要种植小麦、制种玉米、葵花、番茄和葫芦，农民的增收渠道不广，路子不宽。

（四）村社建设规划滞后，人居环境差

由于这里一直属于经济欠发达地区，大部分村镇难以快速实现建设规划。农户住宅位置多数沿袭历史，比较凌乱。如继丰七社常住户 53 户，有 8% 的农户住宅是普通砖瓦房，92% 是年久的土坯房，安全系数不高。

（五）燃料问题

"过去做饭满屋烟，如今生火拧开关"，继光村虽然避免了做饭满屋烟的落后现象，但是还没有达到"如今生火拧开关"的标准，还没有完成对沼气的利用。做饭主要的燃料仍然是作物秸秆，冬天才燃煤取暖。

（六）分散经营，生产成本高

由于一家一户分散经营，生产规模小，劳动生产率低且成本高。如全村人均耕地 3.45 亩，但每家每户生产工具几乎都购置齐全（四轮车、播种机、犁等农具），造成生产资料的浪费，一定程度上影响了农民增收。

（七）农民文化素质低，影响农民增收

外出务工农民因为没有技术，收入不高；而留在农村的因观念落后、见识少、怕冒风险，又是大事干不了、小事不愿干，对新鲜事物又不愿接受，从一定程度上制约着农民增收。

（八）抵御自然灾害的能力弱

农业抵御自然灾害能力弱，像今年春季的霜冻，造成农作物严重歉收。

（九）很多农民有"等、靠、要"的思想

在新农村建设过程中，农民都能认识到建设新农村的重要意义，但很大一部分还存在"等、靠、要"的思想，认为建设新农村是国家和政府的事情，农民的主体地位和主力军作用很难发挥。依仗大自然的慷慨赐予，河套人不待费力劳神便可丰衣足食。长期的生活，使继丰村一些人养成了惰性，有些人认为出去打工太受罪了。

（十）"空心村"是新农村建设的一个严重阻碍

据我们调查，继丰村在新农村建设中有一个很大的问题是：大多数青壮年村民外出打工，村里留守人员大多是老人、妇女、儿童。中青年作为新农村建设主力的缺乏，客观上影响了新农村建设的进程。

第七章 继丰村对乌兰布和 沙漠的治理

乌兰布和沙漠是全国八大沙漠之一，风沙是该地区最主要的自然灾害。直到现在，乌兰布和沙漠治理形势依旧严峻。笔者通过对杭锦后旗双庙镇继丰村乌兰布和沙漠的三次大规模治理效果的调查发现，1999 年以来，由于国家加大了投资力度、建立了比较完善的管护制度、广泛运用了科学技术等原因，这里治沙效果特别显著，沙害基本上得到了控制，继丰七社还成为全旗生态建设示范点。这些成功的经验或许能为其他地方的治沙工作提供有益借鉴。

乌兰布和沙漠面积 1500 万亩，主要分布在阿拉善盟和巴彦淖尔市，伸入巴彦淖尔市的面积为 506 万亩，呈带状南北走向。近年来对乌兰布和沙漠的治理虽然取得了明显成效，但从整体上来看，乌兰布和沙区生态环境"局部好转，整体恶化"的趋势并没有从根本上得到扭转，流沙每年东侵 5 ~ 7 米，压埋耕地 1000 余亩，向黄河输沙近 6000 万吨，严重威胁着河套平原 960 万亩农田和黄河、包兰铁路、110 国道的安全运行以及全市 176 万人民的生产和生活，乌兰布和沙漠治理形势依旧严峻。因此，总结治沙经验对于整个乌兰布和沙漠的有效治理以及其他地区治沙工作都有重大的现实意义。

　　乌兰布和沙漠在杭锦后旗境内面积 46 万亩，南北曲线长 48.6 公里。沿沙涉及双庙镇、三道桥镇、沙海镇等三个镇的 37 个行政村。乌兰布和沙漠的东北边缘在双庙镇境内。双庙镇与乌兰布和沙漠接壤的有继丰村、黄家滩村、二支村、太荣村、太华村、新建村、永明村、三淖村等，面积为 27 万亩。继丰村位于双庙镇西南，有 10 个自然村，其中有 6 个自然村与乌兰布和沙漠接壤，由南向北依次是继丰二社、继丰三社、继丰四社、继丰五社、继丰六社、继丰七社。继丰村沙区面积约 6 万亩，沙漠东缘曲线长 11 公里。2007～2009 年，课题组对双庙镇继丰村乌兰布和沙漠进行了 2 次全面调查。

一　继丰村乌兰布和沙漠治理效果

　　乌兰布和沙漠沙害由来已久，1930～1950 年，仅召庙境内就有 1 万亩良田被流沙吞没，19 户农民被迫迁居。继丰村对乌兰布和沙漠的治理可分为三个阶段。

1. 第一阶段：20 世纪 50 年代到 1981 年

　　乌兰布和沙漠的治理工作开始于 20 世纪 50 年代。1955～1956 年，继丰村投工投劳，广泛发动社员和学生，在乌兰布和沙漠东缘大搞植树造林，主要栽种柳树、杨树和沙树。种树用苗问题都是社员和继光林队与丰光林队自己解决的。由于当时没有打井，沙漠边缘的树木还可以定期浇水，深入沙漠深处没有条件浇水的树木则主要靠自然成活，成活率很低。尤其是遇到干旱的年份，浇不到水的树木逐渐化梢枯死，即使这样，当年继丰村村民在非常艰苦的条件下，依然种了很多树。在对村民李铮进行访谈时，他用了一个词，说 20 世纪 50 年代，继丰村人种树

"无数"，基本上在乌兰布和沙漠形成了防护林带规模，现在这些树都已是非常茂密的大树。

20 世纪 60~70 年代，继丰村进行了大规模的农田防护林建设，按照"沟、渠、路、林、田"五配套的统一规划，在沟、渠、路旁植树构成林带，由林带构成网眼，围农田于其中。在农田四周，主要是在干、支、农、毛各级渠道上种树，虽然对耕地的产量有一定影响，但对整个生态环境和防风固沙起到了一定的作用。这一时期，有些甘肃人由于经济原因迁入本村，本村人口增加了，开始毁林开荒，对生态环境造成一定破坏。

总的来说，这一时期对乌兰布和沙漠的治理有很好的效果，但在 20 世纪 60 年代以后又有了一定程度破坏。当时从沙漠东缘向西只有大约 250 米的距离内有稀疏植被，植被覆盖率非常低，只有 3%。沙漠每年东侵 50 米左右，风沙侵压良田 50~60 亩/年，风沙大，风速约 15 米/秒。风沙侵压民房，有十几户人家被迫迁居。一年中沙尘天气有 60 多天，每年大沙尘暴天气有 15 次之多。这一时期管理也是粗放式管理。村里设林队，担当着护林的任务。林队定期给树除草、浇水、剪偏枝。虽然管理比较松散，但当时是大集体，尤其进入高级社后，牲畜都入了社，由社里统一放养，对林木、草地破坏很少。

2. **第二阶段**: 1981~1999 **年**

1981 年以后，村里再没有大规模植树，与之相反，砍伐的速度却大大加快。1981 年，继丰村实行了土地联产承包责任制，土地分配给了农民，畜牧业迅速发展起来。村民喂养的牛、羊、马数量不断增加，到 20 世纪 90 年代末，全村养羊的数量达到 3 万只。继丰七社西面居民点有 14 户人家，养羊最多时达到 500 多只。成群的羊进入沙漠，破坏草根；再者村民砍柳枝、杨树枝喂羊，有的小树被连根砍掉，有的连树头都被砍了下来，本来就稀疏的植被遭到毁灭性的破坏。当时村里也有护林员，由于管护制度不健全，管理效果很差，在经济利益的驱动下，农民毁林放牧、毁林开荒。植被被破坏以后，沙丘流动特别快，每年向东移动 80 米左右，毁坏良田 70～80 亩/年，植被覆盖率大大降低，只有 1%。风沙大，速度快，风速达到约 18 米/秒，而且持续时间长，从春分开始，一直到立夏，几乎天天都是扬沙天气。风沙打得麦梢发黄，葵花、麦子等农作物淌水后，很容易被风刮倒，造成粮食大幅减产。这一时期，沙子侵压民房 20 多间。沙丘压了杨科义老人的房子，老人因为沙害总共搬家 3 次，20 世纪 90 年代末，最后一次搬家杨科义老人举家搬到了乌海。沿沙边耕地也受到极大影响，形势非常严峻。

3. 第三阶段：1999～2008 年

继丰村 1999～2008 年对乌兰布和沙漠的治理是规模最大、成效最显著的一次。2000 年，杭锦后旗被列为全国 174 个退耕还林（草）试点示范旗（县）之一，当年完成退耕还林 5 万亩，荒地还林 10 万亩，总计造林 15 万亩。通过对乌兰布和沙漠的详细勘测和总体规划，制订了"前挡后拉"、"造、封、飞"、"乔、灌、草"结合的综合治理方案，采取"封山绿化，以粮代赈，个体承包"的措施，主要采取"压沙障，网围栏"等措施。"压沙障"就是在乌兰布和沙漠东部边缘的流动沙丘上，将麦秸揿入沙子，形成一个个 60 厘米见方的网格，起到固沙的作用；"压沙障"实行承包制，谁压沙障，谁就要做好沙障的维护工作。"网围栏"就是在乌兰布和沙漠的东部边缘用铁丝做成网格状的、高1.1米的围栏，人、畜均不得进入。隔几百米有一个上锁的大门供管理人员进出。在围栏内2～3里宽的区域内植树种草。2000～2007年，继丰村共压网格麦草沙障1万亩，在网格内按1.2×2.4米的规格栽种了杨柴、梭梭、柠条、花棒等沙生植物，丘间地栽种红柳、沙枣、沙柳、黄柳、沙棘等耐干旱、抗盐碱植物，共计5000亩。在沙丘区打组合井16眼，提供水泵、塑料管等配套浇水设备。打机械井一口，机械井深70～80米，属于深井，使用承压水。修建穿沙公路15里。沿沙东缘11公里都建起了锁沙林带，锁沙林带宽1500米，在这1500米的地域里，沙丘上完全被植被覆盖，在锁沙林带以内2～3公里的沙丘间低地全部种上沙棘、沙枣、杨柴、花棒等植物，在锁沙林带则栽种小美旱杨和新疆杨。通过采取种种得力措施，继丰村基本上形成了一道遏制沙漠前移的绿色屏障。如今，植被覆盖率已经提高到15%。如今沙丘基本上被稳定住了，没有再向东移动，也没有农田被侵压。现在风速只有约4米/秒，风中沙子也很少。今年春天，没有出现沙尘暴天气。护林员杨科理告诉我们，"现在风沙小了，空气湿度大了，夏天温度也降低了，比较凉快，不像以前那么干热了。这些治沙措施如能继续保持，以后这里的环境一定越来越好"。笔者2007年11月进入继丰村围栏内时，虽然是冬天，但可看到树木非常繁茂，脚下有茂密的衰草，芦苇、白茨长得有一人多高，林木枝条和各种草相互交错，有的地方很难通行，而且不时能看到野兔、野鸡、獾子等小动物在草丛间奔跑。可以想见，夏天的景色应更加优美。

二　继丰村乌兰布和沙漠治理效果分析

从继丰村对乌兰布和沙漠三次大规模治理中，我们可以看出，20 世纪 90 年代末至今对乌兰布和沙漠的治理最为有效。笔者认为原因主要有以下几点：

（一）国家投资力度加大是治理效果显著的根本原因

十年树木，百年树人。治沙耗资巨大，而种树经济效益却很低，因此不容易调动起广大农民的积极性。如继丰村，一亩地种粮食作物或经济作物平均收入 1000 多元，种树却难见成效，而且周期长。因此，在现阶段，治沙经费还应以争取国家投资为主，以争取地方和个人投资为辅。1999 年以前，实行全民义务植树造林，植树种草投入力度较小。20 世纪 90 年代末，国家投资力度加大。从 1998 年开始，巴彦淖尔市先后争取到国家生态建设专项资金 1 亿多元。如 1999 年的"天保"工程每年给杭锦后旗林业局投资8000 万元，实行了退耕还林政策，每亩林地每年国家补贴160 元，其中 140 元是粮食补助，20 元是生活补助，使农民得到了一些实惠，种树的积极性有所提高。500 米挡风带耕地全部实现了退耕还林，农民把低产量地也改种了红柳、枸杞等退耕还林了，林草建设速度大大加快。另外，由于国家投资网围栏、压沙障、打机井、修沙间公路等这一系列配套设施的建设，使得治沙步伐大大加快，治沙实际效果得到了保障。

（二）科学治理，提高了治沙的实效性

2000 年后继丰村治沙效果显著，很重要的原因是进行

了科学治理。首先，通过网围栏、压沙障、圈舍饲养、禁止放牧等措施，真正实现了"封育"，充分发挥了生态的自然修复能力。以前没有实现"封育"，人、畜随便进入，破坏沙区生态平衡，也给管理带来了困难。如今继丰村在长11公里的东部沙缘建立了围栏，进出都有严格的管理。人、畜对自然环境的影响小了，这样就能充分发挥生态的自然修复能力。实践证明，实行"封育"保护、加强管护、依靠生态的自然修复能力恢复自然植被，不仅能加快水土流失的治理速度，尽快改善生态环境，而且省工、省钱效果好。另外采用了适合本地区栽种的优质的林木草种，如沙棘、杨柴、花棒、梭梭、柠条、沙柳、黄柳、苦豆子、沙蒿等，这些林草根深、耐旱，一旦扎根就比较稳定，造林成活率和保存率都达到了75%以上。与此同时，继丰村还大力推广开沟大坑深栽法、高压水打孔植苗以及良种育苗等林业适用技术，培植新的沙生植物。2001年在梭梭根部人工嫁接肉苁蓉试验取得了成功，2003年旗林业局在继丰村种了60多亩肉苁蓉，长势喜人，继丰村好多农民也跃跃欲试。这一试验的成功，必然使农民种植沙产业的收入成倍增长。因此以科学技术为依托，引入新的经济效益较高的沙生植物，寻找继丰村新的经济增长点，势必会极大地调动广大农民的积极性，为治沙创造有利条件。

（三）建立了比较完善的管理制度是治沙效果显著的重要原因

从20世纪50年代初到20世纪90年代末，乌兰布和沙漠治理主要靠地方政府和当地百姓，没有建立起完善的管理制度。在1981年第一轮土地承包之前，由于个人利益和集体利益的矛盾还没有凸显，虽然没有比较完善的管理制度，但对林草的破坏还不是特别严重。从1981年一直到20世纪90年代末，继丰村村民对林草的破坏相当严重，究其主要原因：一是受经济利益的驱使，二是管理制度不完善。土地个人承包以后，国家允许个人自由发展农业和养殖业，农民生产积极性空前高涨，迫切要求提高经济收入。凭借"有利"的条件，农民大搞养殖业。20世纪90年代末，继丰村养羊最多时达到3万多只，对林草的破坏可想而知。再加上没有建立完善的、强有力的管理制度，对农民没有进行强有力的约束。当时村里也有护林员，对乱砍滥伐现象采取说教的方式，收效甚微。1999年后，建立了比较完善的管理制度，实行多层次多管理体系：一是对植被本身的管理，二是对人、畜的管理。这一时期，对植被的管理更加科学。栽树种草以后的前1~2年里，是护理的关键时期，旗里每年都要组织3~4次大规模的浇水，之后，植被根系深扎于地下，就不再会旱死了。每年清明节前后是防火的关键时期，旗林业局首先通过标语、广告等形式进行防火宣传和综合管理，同时工作人员开防火车进行巡视，这样可以有效避免火灾或将火灾造成的损失及时降到最小。再者进行林木病虫害防治，实行严格科学的采伐制度。对人的管理主要是通过网围栏，使人、畜不容易进入，如果强行进入，则会受到严厉的经济制裁，一般要罚款2000~3000元。再者进行法治宣传，提高全民法律意识，加大林业执法力度，依据《中华人民共和国森林法》、《中华人民共和国草原法》、《中华人民共和国水土保持法》、《中华人民共和国土地管理法》、《防沙治沙法》和《国务院关于进一步加快防沙治沙工作的决定》等法律保护林木和野生动

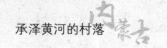

植物资源，严厉打击乱砍滥伐林木、乱垦滥占林地、乱捕滥猎野生动物以及乱采滥挖野生植物等违法犯罪行为。实践证明，实行经济制裁与法律制裁相结合的方式，使治沙效果特别显著。

（四）创新机制，调动全社会参与治沙造林

按照"谁投资、谁治理，谁开发、谁受益"的原则，实行允许继承、转让和长期不变的林业政策，深化林地产权制度改革，实行所有权和经营权分离，稳定所有权，放活经营权；鼓励各类法人、经济组织和个人通过承包、租赁、拍卖、股份合作等方式进入造林绿化和林业经营领域；允许林木、林地资源依法进入市场流转；非公有制造林在政策上享受与公有制造林同等待遇。这些政策极大地调动了企业与个人参与生态造林的积极性。在这样的有利政策下，继丰村现在已有30多个农户承包了沙地，用来种植林木和农作物。内蒙古保险公司副经理高云胜，2008年在继丰村和太荣村承包了沙地6000多亩，种沙蒿，栽杨树；2009年头一年治沙，投资1万多元，把水引进了沙漠，春天栽种了杨树和梭梭1000多株，每111株折合1亩，共栽种10亩林木。

三　乌兰布和沙漠治理存在的问题

（一）治沙耗资巨大

虽然有一系列的扶助措施，取得了可喜的效果，但要保持这样的治沙效果，还需大量的后期资助。

（二）治沙成本高

治沙的关键是引水。水是商品，用水要交水费，往沙漠里引水需要一套设备，成本很高。在沙漠里打机井又没有配电设施，只能用柴油机。这就使得治沙成本大大提高。

（三）村民的思想意识还比较落后

2008 年，杭锦后旗林业局由于资金问题精简了一些护林员，没有护林员的看护，继丰村有些地方又开始破坏植被。因此，村民的思想意识亟待提高。

后　记

我选择继丰村作为"当代中国边疆·民族地区典型百村调查"调查点的原因有两点。

首先，我的老家就在继丰村。我出生在那里，在那里长大。虽然离开家乡多年，可每每想起家乡来，总有一种浓得化不开的乡情，家乡的一切是那么亲切和熟悉。在我的记忆里，家乡是美丽的。

其次，继丰村很有典型性。继丰村是内蒙古巴彦淖尔市杭锦后旗双庙镇的一个行政村，位于富庶的河套平原。继丰村人的生活可以说是整个河套地区人们生活的一个缩影，反映一个区域社会生活的特点。另外，继丰村位于全国八大沙漠之一——乌兰布和沙漠的东部边缘，一直以来，防风固沙、植树造林都是继丰村一项艰巨的任务。新中国成立后50年的治沙历程，使继丰村积累了丰富的治沙经验，继丰七社还成为全旗生态建设示范点。这里的治沙经验可为其他地区的治沙工作提供有益借鉴。

鉴于继丰村的这些特点，我率领课题组成员于2007~2009年对该村进行了三次调查，形成了调查报告。

继丰村有史以来没有人做过调查研究，是一个缺乏记忆的村落，因此，所有的结论都是在我们调查研究的基础上形成的。继丰村共有10个自然村，总户数483户。如果都进行入户调查不现实，因此，课题组选取了最有代表性的继丰七社进行了调查。继丰七社总户数 71 户，在住户 53 户，我们对这 53 户全部进行了入户调查。

我们调查的基本方法是：进行详细的社会调查；社会调查采用入户调查、填写调查问卷、访谈相结合的方法。

课题组事先设计了入户调查表，分村民家庭人口状况、经济状况、社会救助等几大块。家庭人口状况中又包括户主及配偶以及家庭其他成员的姓名、性别、年龄、民族、籍贯、受教育程度、宗教信仰等重要信息；经济状况包括住房、生产用具、生活用具、年收入、年支出情况、粮食作物、经济作物、林果类、蔬菜类的种植种类、产量；家畜、家禽的养殖；社会救助方面有社会保障和社会扶持两方面的内容，包括合作医疗、减免学杂费、低保、退耕还林等内容。总之，这些内容具体全面，能真正反映继丰村农民的日常生活状况。

再者，对于有代表性的村民，通过询问，填写调查问卷等方式进行访谈，这样可以比较深入细致地了解某方面的问题。

为了更加全面、准确地了解继丰村具有共性的情况，课题组还采用了访谈的形式，设计了访谈提纲。做了入户调查的仅仅是一个社，虽然每个社情况大同小异，但毕竟有细微的差别，为了能够解决好点和面的问题，课题组尽量扩大访谈的范围，首先我们对 10 个自然村有代表性的村民都进行了访谈，如对继丰村医生的访谈、种田能手的访谈、典型生意人的访谈，包水人、困难户、一般村民的访谈等。另外，为了从总体上把握继丰村发展的现状，我们还对继丰村书记王佐民、继丰村村长彭应国、继丰村妇女主任朱美枝以及 10 个自然村的 10 位社长都进行了访谈，访谈的内容涉及社会生活的方方面面。另外，还组织集体访谈两次，内容包括继丰村的风俗习惯，继丰村的变迁，继丰村的人物、传说，继丰村的发展趋势，继丰村的教育以及继丰村在发展中存在的问题等。

第一次调查结束后，课题组马上投入初稿的撰写中，在写作过程中才发现很多数据还不是很具体，从不同渠道得来的数据彼此之间也有矛盾，很多事情脉络还不是很清晰，因此，在初稿大致有了框架之后，2008 年 7 月，课题组又对继丰村进行了第二次调查，这次调查和第一次比起来有了很强的针对性。比如说第一次调查遗漏的地方、数据有矛盾的地方，都是我们调查的重点。另外，在调查的基础上，也进一步发现了新的问题，比如继丰村所处的河套平原历来是闻名遐迩的富庶之地，在 20 世纪 70～90 年代，这里和内蒙古其他地方比起来，优势是显而易见的，但随着调查的深入，我们发现，现在继丰村的人均收入和内蒙古其他地方比起来，已经没有了优势。尤其是在城市化进程中，继丰村的发展速度比其他地方要缓慢很多，第二次调查中我们对这个问题进行了访谈，书记王佐民告诉我们，现在来说这个地方也是好地方，农业发展有着得天独厚的优越条件，这是我们的优势，但优势有时候也会变成劣势，在人们的记忆中，继丰村每年都是丰收年，长期以来，优越的条件在给人们带来实惠的同时也养成了人们的惰性，结合我们的入户调查表就可以发现，村民的收入有 89% 来自种植业，养殖业和第三产业的收入比例都很小。因此，继丰村人增收的主要渠道是大力发展养殖业，实现养殖业增收，再者就是加大发展第三产业的力度。继丰村位置比较偏僻，常住户外出打工的人数少，时间也短，这是继丰村逐渐丧失优势的原因所在。另外，在调查和资料整理中我们还发现一些生产、生活中存在的问题，以及教育中、生态建设中的问题，在第二次调查中又对上述问题进行了详尽的调查。因此第二次调查可以说更有针对性，更加深入。另外需要指出的是，第二次调查中我们有机会对双庙镇党委书记李登云进行访谈，这使我们对继丰村的认识有了一个更加清晰的脉络，对于继丰村在整个双庙镇14个行政村中的发展有了一个更加准确的定位。

第三次调查是2009年5月，课题组对初稿进行了核实，尤其是一些重要数据，争取做到准确无误。

2007～2009年，课题组到继丰村做了三次调查，本书稿是在调查研究的基础上形成的。可以说，没有大家的支持与帮助，本课题不可能顺利完成。继丰村虽是我的家乡，可当调查进一步展开时我才发现，我对农村生活的了解还很不深入，在此，我特别感谢中国社会科学院中国边疆史地研究中心给予我们走出书斋、从社会中学习和锻炼的机会。感谢毕奥南研究员和于永教授在调查研究中给予的指导和帮助。

在收集材料的过程中，我们也得到了很多人的支持和帮助，在此我要特别感谢杭锦后旗政府政研室何军主任；感谢双庙镇政府的大力支持，特别是镇长李登云同志；感谢继丰村书记王佐民、村长彭应国的大力支持。

调查报告是集体的劳动成果，内蒙古师范大学马克思主义学院李卉青老师撰写第一章第一节、第四章、第五章第一、三节、第七章、后记，负责全书的统稿、补充调查及修改工作；内蒙古河套大学文学院张永刚老师撰写第二章、第三章第二、三节；内蒙古师范大学历史文化学院黄河老师撰写第三章第一节；内蒙古师范大学历史文化学院研究生张丽红撰写第五章第二节、第六章；鄂尔多斯市三中张美玲老师撰写第一章第二、三节。另外还要特别感谢继丰七社的全体村民，在我们的调查中都非常热情地接待了我们，让我感觉到了浓浓的乡情。

另外，课题组在继丰村停留的时间比较短暂，很多资料都是村民口口相传得来的，因此，在记录的过程中不可避免地加入了自己的感情色彩。再者就是村民和村干部由于各自出发点不同，对同一个问题持不同看法，提供的数据也不完全相同。再加上本人水平有限，阅历也不深，如有不妥的地方，欢迎大家批评指正。

李卉青

2009 年 8 月 1 日

图书在版编目（CIP）数据

承泽黄河的村落：内蒙古杭锦后旗双庙镇继丰村调查
报告 / 李卉青著 . —北京：社会科学文献出版社，2012.4
（当代中国边疆·民族地区典型百村调查 / 厉声主编.
内蒙古卷. 第 1 辑）
ISBN 978 - 7 - 5097 - 3002 - 7

Ⅰ.①承…　Ⅱ.①李…　Ⅲ.①农村调查 - 调查报告 -
杭锦后旗　Ⅳ.①D668

中国版本图书馆 CIP 数据核字（2012）第 265214 号

当代中国边疆·民族地区典型百村调查：内蒙古卷（第一辑）

承泽黄河的村落
——内蒙古杭锦后旗双庙镇继丰村调查报告

著　　者 / 李卉青

出 版 人 / 谢寿光
出 版 者 / 社会科学文献出版社
地　　址 / 北京市西城区北三环中路甲 29 号院 3 号楼华龙大厦
邮政编码 / 100029

责任部门 / 编译中心（010）59367004　　责任编辑 / 王玉敏　张文静
电子信箱 / bianyibu@ ssap. cn　　　　　　责任校对 / 王红杰
项目统筹 / 祝得彬　　　　　　　　　　　责任印制 / 岳　阳
总 经 销 / 社会科学文献出版社发行部（010）59367081　59367089
读者服务 / 读者服务中心（010）59367028

印　　装 / 北京季蜂印刷有限公司
开　　本 / 889mm×1194mm　1/32　　本册印张 / 7.5
版　　次 / 2012 年 4 月第 1 版　　　　本册插图 / 0.25
印　　次 / 2012 年 4 月第 1 次印刷　　本册字数 / 167 千字
书　　号 / ISBN 978 - 7 - 5097 - 3002 - 7
定　　价 / 169. 00 元（共 4 册）